Contos
de amor e
ciúme

Contos de amor e ciúme

Machado de Assis

Organização
Gustavo Bernardo

ROCCO
JOVENS LEITORES

Copyright da organização © 2008 by Gustavo Bernardo

Direitos desta edição reservados à
EDITORA ROCCO LTDA.
Av. Presidente Wilson, 231 – 8º andar
20030-021 – Rio de Janeiro, RJ
Tel.: (21) 3525-2000 – Fax: (21) 3525-2001
rocco@rocco.com.br
www.rocco.com.br

Printed in Brazil/Impresso no Brasil

CIP-Brasil. Catalogação na fonte.
Sindicato Nacional dos Editores de Livros, RJ.

A866c Assis, Machado de, 1839-1908
    Contos de amor e ciúme/Machado de Assis;
organização de Gustavo Bernardo; ilustrações de Pojucan
Rio de Janeiro: Rocco Jovens Leitores, 2008.
    il.; – (Contos para jovens) – Primeira edição.
ISBN 978-85-61384-04-3
    1. Literatura infanto-juvenil brasileira. I. Bernardo,
Gustavo, 1955- II. Pojucan (Ilustrador). III. Título.
08-0295   CDD – 028.5   CDU – 087.5

O texto deste livro obedece às normas do
Acordo Ortográfico da Língua Portuguesa.

Querida, ao pé do leito derradeiro,
Em que descansas desta longa vida,
Aqui venho e virei, pobre querida,
Trazer-te o coração de companheiro.

Pulsa-lhe aquele afeto verdadeiro
Que, a despeito de toda a humana lida,
Fez a nossa existência apetecida
E num recanto pôs um mundo inteiro...

Trago-te flores — restos arrancados
Da terra que nos viu passar unidos
E ora mortos nos deixa e separados;

Que eu, se tenho, nos olhos mal feridos,
Pensamentos de vida formulados,
São pensamentos idos e vividos.

A Carolina

Sumário

Apresentação 9

Frei Simão 15

O segredo de Augusta 29

To be or not to be 67

O machete 91

Curiosidade 109

A cartomante 159

Apresentação

Os romancistas sempre falaram do amor, apontando-o como aquele sentimento que num momento leva as pessoas ao céu (quando estão apaixonadas e são correspondidas) mas que no outro instante as joga no inferno (quando elas se sentem abandonadas ou traídas). Na descida para o inferno, como sabem os que sofrem, o amor se transforma em ciúme. O ciúme é um daqueles assuntos que frequenta não apenas as conversas informais entre amigos como também os romances de escritores consagrados. Isso acontece porque o sentimento do ciúme talvez revele alguns dos segredos que se encontram na sombra do amor.

Nosso mais importante escritor, Joaquim Maria Machado de Assis, construiu toda a sua obra de ficção – poemas, crônicas, contos, peças de teatro e romances – sobre os mistérios do amor e do ciúme. Como se trata de mistérios que sempre queremos esclarecer pelo menos um pouco que seja, encontramos aqui uma boa razão para ler seus livros: seu pensamento sobre as venturas e as desventuras amorosas permanece atual e lúcido.

Tudo começa com o primeiro texto de Machado de Assis publicado, em 1861, quando tinha apenas 22 anos. Esse texto não era dele, mas sim uma tradução que ele fez de um ensaio satírico francês, dando-lhe o seguinte título em português:

"Queda que as mulheres têm para os tolos". O título já é uma provocação, ao dizer que as mulheres preferem a companhia dos tolos. O texto satiriza as mulheres e os homens, mostrando como as opções amorosas de ambos são muito pouco racionais. Machado parece ter absorvido as ideias principais desse texto para depois desenvolvê-las e refiná-las.

Que tolo é esse que as mulheres preferem? O tolo de Machado não é o bobo, mas sim aquele tipo de machão vulgar e pouco instruído que quer apenas "se dar bem" com as mulheres. Por que as mulheres preferem o tolo? Ora, como o tolo não ama ninguém exceto a si mesmo, ele domina as mulheres com facilidade: na visão machadiana elas se deixam enganar melhor por aqueles que as fazem rir e não as levam a sério.

O contrário do tolo é o "homem de espírito", aquele sujeito inteligente, culto, ético, respeitoso. O homem de espírito de Machado leva o amor a sério e, consequentemente, trata a mulher de maneira igualmente séria: essa seriedade o leva a tal nível de exigência que acaba por humilhá-la sem querer. Com melhor noção das próprias imperfeições, a mulher se afasta desse sujeito que exige mais do que ela pode ou quer ser. Por isso, ela termina por ridicularizar o homem de espírito, mostrando sua principal falha: ele "se acha", isto é, ele se pretende um ser humano próximo do perfeito, logo, ele se revela pedante e arrogante, o que leva a mulher a abandoná-lo pelo tolo.

O homem de espírito fracassa, sim, mas aproveita o fracasso para pensar e para desenvolver uma perspectiva irônica sobre a realidade, sobre as mulheres e sobre si mesmo. A resposta machadiana para o homem de espírito, portanto, é a ironia. Ele critica ironicamente os homens, pela sua tolice ou pelo seu pedantismo, e também critica do mesmo modo as mulheres – no mínimo, por seu baixo nível de exigência quanto aos homens. A mulher é o alvo principal da reflexão dos protagonistas masculinos não apenas porque eles a desejam e não a entendem, mas também porque ela acaba se mostrando como uma espécie de símbolo da vida social do seu tempo, vida social esta baseada em ostentação, afetação e fingimento.

A combinação amor e ciúme não é um tema trivial, ligado apenas às fofocas do dia a dia. É um tema atemporal que toca nas grandes questões da nossa existência: a importância do outro e a impossibilidade de se saber a verdade toda sobre as pessoas. E Machado de Assis ainda provoca essa reflexão.

No seu primeiro romance, *Ressurreição*, o escritor exercita a ironia desde o título: ele anuncia a ressurreição de um amor que, no entanto, nunca acontece. O protagonista se chama Félix, mas não é feliz. Ele ama a bela Lívia, uma jovem viúva que já tem um filho, mas tem tanto medo de se comprometer e de ser traído que a acusa de traição baseado apenas na intriga sem provas de um rival, terminando por afastá-la e afastar-se. Eles não se casam e terminam ambos sozinhos.

O mesmo tema retorna com toda força no seu romance mais conhecido, *Dom Casmurro*: os noivos, Bentinho e Capitu, chegam a se casar mas são infelizes para sempre. Bentinho, o narrador, sempre em dúvida se Capitu o traiu ou não com o seu melhor amigo, acaba optando pela certeza mais fácil e decidindo, sem provas, que ela o teria traído sim. Há um século esse romance vem gerando uma discussão divertida entre os críticos, alguns jurando que Capitu traiu, outros apostando que ela não traiu, que o marido é que era paranoico. Entre os advogados de acusação e de defesa deste processo contra Capitu, encontram-se aqueles que consideram que nem Bentinho nem nós, os leitores, podemos saber a verdade, ou seja, que nós precisamos aprender a conviver com a incerteza a respeito de Capitu – e, consequentemente, com a incerteza a respeito da pessoa amada.

Sua primeira peça de teatro também já trazia o sugestivo título de *Desencantos*, mostrando a disputa de dois homens, Pedro e Luís, por uma viúva, Clara. Luís "perde" a disputa e faz uma longa viagem para se curar da paixão. Ao retornar, supostamente curado, encontra Clara vivendo um casamento infeliz com Pedro. Interessa-se justamente pela filha de Clara. Quando pede sua mão à mãe, não perde a chance de soltar uma frase irônica e cruel: "Se V. Exa. não teve bastante espírito para ser minha esposa, deve tê-lo pelo menos para ser minha sogra."

Na poesia de Machado, um dos melhores exemplos sobre o tema é o poema "Verme", publicado originalmente em *Poesias completas*, em 1901. Nele, o poder do ciúme é descrito como o de um verme terrível que corrói a flor do coração sem que se perceba: "um verme asqueroso e feio / gerado em lodo mortal, / busca esta flor virginal / e vai dormir-lhe no seio. // Morde, sangra, rasga e mina, / suga-lhe a vida e o alento; / a flor o cálix inclina; /as folhas, leva-as o vento, // depois, nem resta o perfume / nos ares da solidão... / Esta flor é o coração, / aquele verme o ciúme." Sem dúvida o coração do personagem Luís, da peça *Desencantos* comentada no parágrafo anterior, foi completamente corroído pelo verme do ciúme, a ponto de exercitar a crueldade com a antiga paixão na hora mesma em que pede a mão de outra pessoa em casamento.

APRESENTAÇÃO

O poema "Verme", no entanto, se contrapõe a um dos poemas mais conhecidos da literatura brasileira, chamado "A Carolina", publicado em 1906, em que Machado faz uma bela declaração de amor à sua mulher, falecida em 1904, e quase que decreta o triunfo do amor sobre o tempo.

Os seis contos reunidos aqui neste livro foram publicados originalmente, entre 1864 e 1884, no *Jornal das Famílias,* em *A estação* – veículos destinados ao público feminino, e na *Gazeta de Notícias*. Neles, o amor, muitas vezes associado ao ciúme ou ao medo extremo da traição, serve também de vitrine para o autor expor sua verve crítica e irônica sobre o comportamento da sociedade no fim do século XIX. Machado fala, por exemplo, em "Frei Simão", da paixão proibida entre dois jovens, uma criação brasileira à la Romeu e Julieta que transluz sua veia anticlerical; em "O segredo de Augusta", um triângulo amoroso malsucedido tem como pano de fundo o saldo de uma dívida financeira; em "O machete", o confronto entre as culturas popular e erudita manifesta-se nas entrelinhas de um amor traído; em "Curiosidade", o ciúme em que "meteu-se o diabo de permeio neste negócio, que bem podia ser acabado pelos anjos" adia o final feliz de Carlota e Conceição.

GUSTAVO BERNARDO

Frei Simão

I

Frei Simão era um frade da ordem dos Beneditinos. Tinha, quando morreu, cinquenta anos em aparência, mas na realidade trinta e oito. A causa desta velhice prematura derivava da que o levou ao claustro na idade de trinta anos, e, tanto quanto se pode saber por uns fragmentos de *Memórias* que ele deixou, a causa era justa.

Era frei Simão de caráter taciturno e desconfiado. Passava dias inteiros na sua cela, de onde apenas saía na hora do refeitório e dos ofícios divinos. Não contava amizade alguma no convento, porque não era possível entreter com ele os preliminares que fundam e consolidam as afeições.

Em um convento, onde a comunhão das almas deve ser mais pronta e mais profunda, frei Simão parecia fugir à regra geral. Um dos noviços pôs-lhe alcunha de "urso", que lhe ficou, mas só entre os noviços, bem entendido. Os frades professos, esses, apesar do desgosto que o gênio solitário de frei Simão lhes inspirava, sentiam por ele certo respeito e veneração.

Um dia anuncia-se que frei Simão adoecera gravemente. Chamaram-se os socorros e prestaram ao enfermo todos os cuidados necessários. A moléstia era mortal; depois de cinco dias frei Simão expirou.

Durante estes cinco dias de moléstia, a cela de frei Simão esteve cheia de frades. Frei Simão não disse uma palavra durante esses cinco dias; só no último, quando se aproximava o minuto fatal, sentou-se no leito, fez chamar para mais perto o abade, e disse-lhe ao ouvido com voz sufocada e em tom estranho:

— Morro odiando a humanidade!

O abade recuou até a parede ao ouvir estas palavras, e no tom em que foram ditas. Quanto a frei Simão, caiu sobre o travesseiro e passou à eternidade.

Depois de feitas ao irmão finado as honras que se lhe deviam, a comunidade perguntou ao seu chefe que palavras ouvira tão sinistras que o assustaram. O abade referiu-as, persignando-se. Mas os frades não viram nessas palavras senão um segredo do passado, sem dúvida importante, mas não tal que pudesse lançar o terror no espírito do abade. Este explicou-lhes a ideia que tivera quando ouviu as palavras de frei Simão, no tom em que foram ditas, e acompanhadas do olhar com que o fulminou: acreditara que frei Simão estivesse doido; mais ainda, que tivesse entrado já doido para a ordem. Os hábitos da solidão e taciturnidade a que se votara o frade pareciam sintomas de uma alienação mental de caráter brando e pacífico; mas durante oito anos parecia impossível aos frades que frei Simão não tivesse um dia revelado de modo positivo a sua loucura; objetaram isso ao abade; mas este persistia na sua crença.

Entretanto procedeu-se ao inventário dos objetos que pertenciam ao finado, e entre eles achou-se um rolo de papéis convenientemente enlaçados, com este rótulo: *Memórias que há de escrever frei Simão de Santa Águeda, frade beneditino.*

Este rolo de papéis foi um grande achado para a comunidade curiosa. Iam finalmente penetrar alguma coisa no véu misterioso que envolvia o passado de frei Simão, e talvez confirmar as suspeitas do abade. O rolo foi aberto e lido para todos.

Eram, pela maior parte, fragmentos incompletos, apontamentos truncados e notas insuficientes; mas de tudo junto pôde-se colher que realmente frei Simão estivera louco durante certo tempo.

O autor desta narrativa despreza aquela parte das *Memórias* que não tiver absolutamente importância; mas procura aproveitar a que for menos inútil ou menos obscura.

II

As notas de frei Simão nada dizem do lugar do seu nascimento nem do nome de seus pais. O que se pôde saber dos seus princípios é que, tendo concluído os estudos preparatórios, não pôde seguir a carreira das letras, como desejava, e foi obrigado a entrar como guarda-livros na casa comercial de seu pai.

Morava então em casa de seu pai uma prima de Simão, órfã de pai e mãe, que haviam por morte deixado ao pai de Simão o cuidado de a educarem e manterem. Parece que os cabedais deste deram para isto. Quanto ao pai da prima órfã, tendo sido rico, perdera tudo ao jogo e nos azares do comércio, ficando reduzido à última miséria.

A órfã chamava-se Helena; era bela, meiga e extremamente boa. Simão, que se educara com ela, e juntamente vivia debaixo do mesmo teto, não pôde resistir às elevadas qualidades e à beleza de sua prima. Amaram-se. Em seus sonhos de futuro contavam ambos o casamento, coisa que parece a mais natural do mundo para corações amantes.

Não tardou muito que os pais de Simão descobrissem o amor dos dois. Ora é preciso dizer, apesar de não haver declaração formal disto nos apontamentos do frade, é preciso dizer que os referidos pais eram de um egoísmo descomunal. Davam de boa vontade o pão da subsistência a Helena; mas lá casar o filho com a pobre órfã é que não podiam consentir. Tinham posto a mira em uma herdeira rica, e dispunham de si para si que o rapaz se casaria com ela.

Uma tarde, como estivesse o rapaz a adiantar a escrituração do livro-mestre, entrou no escritório o pai com ar grave e risonho ao mesmo tempo, e disse ao filho que largasse o trabalho e o ouvisse. O rapaz obedeceu. O pai falou assim:

– Vais partir para a província de ***. Preciso mandar umas cartas ao meu correspondente Amaral, e como sejam elas de grande importância, não quero confiá-las ao nosso desleixado correio. Queres ir no vapor ou preferes o nosso brigue?

Esta pergunta era feita com grande tino.

Obrigado a responder-lhe, o velho comerciante não dera lugar a que seu filho apresentasse objeções.

O rapaz enfiou, abaixou os olhos e respondeu:

– Vou onde meu pai quiser.

O pai agradeceu mentalmente a submissão do filho, que lhe poupava o dinheiro da passagem no vapor, e foi muito contente dar parte à mulher de que o rapaz não fizera objeção alguma.

Nessa noite os dois amantes tiveram ocasião de encontrar-se sós na sala de jantar.

Simão contou a Helena o que se passara. Choraram ambos algumas lágrimas furtivas, e ficaram na esperança de que a viagem fosse de um mês, quando muito.

À mesa do chá, o pai de Simão conversou sobre a viagem do rapaz, que devia ser de poucos dias. Isto reanimou as esperanças dos dois amantes. O resto da noite passou-se em conselhos da parte do velho ao filho sobre a maneira de portar-se na casa do correspondente. Às dez horas, como de costume, todos se recolheram aos aposentos.

Os dias passaram-se depressa. Finalmente raiou aquele em que devia partir o brigue. Helena saiu de seu quarto com os olhos vermelhos de chorar. Interrogada bruscamente pela tia, disse que era uma inflamação adquirida pelo muito que lera na noite anterior. A tia prescreveu-lhe abstenção da leitura e banhos de água de malvas.

Quanto ao tio, tendo chamado Simão, entregou-lhe uma carta para o correspondente, e abraçou-o. A mala e um criado estavam prontos. A despedida foi triste. Os dois pais sempre choraram alguma coisa, a rapariga muito.

Quanto a Simão, levava os olhos secos e ardentes. Era refratário às lágrimas; por isso mesmo padecia mais.

O brigue partiu. Simão, enquanto pôde ver terra, não se retirou de cima; quando finalmente se fecharam de todo as *paredes do cárcere que anda*, na frase pitoresca de Ribeyrolles, Simão desceu ao seu camarote, triste e com o coração apertado. Havia como um pressentimento que lhe dizia interiormente ser impossível tornar a ver sua prima. Parecia que ia para um degredo.

Chegando ao lugar do seu destino, procurou Simão o correspondente de seu pai e entregou-lhe a carta. O sr. Amaral leu a carta, fitou o rapaz e, depois de algum silêncio, disse-lhe, volvendo a carta:

— Bem, agora é preciso esperar que eu cumpra esta ordem de seu pai. Entretanto venha morar para a minha casa.

— Quando poderei voltar? — perguntou Simão.

— Em poucos dias, salvo se as coisas se complicarem.

Este *salvo*, posto na boca de Amaral como incidente, era a oração principal. A carta do pai de Simão versava assim:

> Meu caro Amaral,
> Motivos ponderosos me obrigam a mandar meu filho desta cidade. Retenha-o por lá como puder. O pretexto da viagem é ter eu necessidade de ultimar alguns negócios com você, o que dirá ao pequeno, fazendo-lhe sempre crer que a demora é pouca ou nenhuma. Você, que teve na sua adolescência a triste ideia de engendrar romances, vá inventando circunstâncias e ocorrências imprevistas, de modo que o rapaz não me torne cá antes de segunda ordem. Sou, como sempre etc.

III

Passaram-se dias e dias, e nada de chegar o momento de voltar à casa paterna. O ex-romancista era na verdade fértil, e não se cansava de inventar pretextos que deixavam convencido o rapaz.

Entretanto, como o espírito dos amantes não é menos engenhoso que o dos romancistas, Simão e Helena acharam meio de se escreverem, e deste modo podiam consolar-se da ausência, com presença das letras e do papel. Bem diz Heloísa que a arte de escrever foi inventada por alguma amante separada do seu amante. Nestas cartas juravam-se os dois sua eterna fidelidade.

No fim de dois meses de espera baldada e de ativa correspondência, a tia de Helena surpreendeu uma carta de Simão. Era a vigésima, creio eu. Houve grande temporal em casa. O tio, que estava no escritório, saiu precipitadamente e tomou conhecimento do negócio. O resultado foi proscrever de casa tinta, penas e papel, e instituir vigilância rigorosa sobre a infeliz rapariga.

Começaram pois a escassear as cartas ao pobre deportado. Inquiriu a causa disto em cartas choradas e compridas; mas como o rigor fiscal da casa de seu pai adquiria proporções descomunais, acontecia que todas as cartas de Simão iam parar às mãos do velho, que, depois de apreciar o estilo amoroso de seu filho, fazia queimar as ardentes epístolas.

Passaram-se dias e meses. Carta de Helena, nenhuma. O correspondente ia esgotando a veia inventadora, e já não sabia como reter finalmente o rapaz.

Chega uma carta a Simão. Era letra do pai. Só diferençava das outras que recebia do velho em ser esta mais longa, muito mais longa. O rapaz abriu a carta, e leu trêmulo e pálido. Contava nesta carta o honrado comerciante que a Helena, a boa rapariga que ele destinava a ser sua filha casando-se com Simão, a boa Helena tinha morrido. O velho copiara algum dos últimos necrológios que vira nos jornais, e ajuntara algumas consolações de casa. A última consolação foi dizer-lhe que embarcasse e fosse ter com ele.

O período final da carta dizia:

> Assim como não se realizam os meus negócios, não te pude casar com Helena, visto que Deus a levou. Mas volta, filho, vem; poderás consolar-te casando com outra, a filha do conselheiro ***. Está moça feita e é um bom partido. Não te desalentes; lembra-te de mim.

O pai de Simão não conhecia bem o amor do filho, nem era grande águia para avaliá-lo, ainda que o conhecesse. Dores tais não se consolam com uma carta nem com um casamento. Era melhor mandá-lo chamar, e depois preparar-lhe a notícia; mas dada assim friamente em uma carta, era expor o rapaz a uma morte certa.

Ficou Simão vivo em corpo e morto moralmente, tão morto que por sua própria ideia foi dali procurar uma sepultura. Era melhor dar aqui alguns dos papéis escritos por Simão relativamente ao que sofreu depois da carta; mas há muitas falhas, e eu não quero corrigir a exposição ingênua e sincera do frade.

A sepultura que Simão escolheu foi um convento. Respondeu ao pai que agradecia a filha do conselheiro, mas que daquele dia em diante pertencia ao serviço de Deus.

O pai ficou maravilhado. Nunca suspeitou que o filho pudesse vir a ter semelhante resolução. Escreveu às pressas para ver se o desviava da ideia; mas não pôde conseguir.

Quanto ao correspondente, para quem tudo se embrulhava cada vez mais, deixou o rapaz seguir para o claustro, disposto a não figurar em um negócio do qual nada realmente sabia.

IV

Frei Simão de Santa Águeda foi obrigado a ir à província natal em missão religiosa, tempos depois dos fatos que acabo de narrar.

Preparou-se e embarcou.

A missão não era na capital, mas no interior. Entrando na capital, pareceu-lhe dever ir visitar seus pais. Estavam mudados física e moralmente. Era com certeza a dor e o remorso de terem precipitado seu filho à resolução que tomou. Tinham vendido a casa comercial e viviam de suas rendas.

Receberam o filho com alvoroço e verdadeiro amor. Depois das lágrimas e das consolações, vieram ao fim da viagem de Simão.

— A que vens tu, meu filho?

— Venho cumprir uma missão do sacerdócio que abracei. Venho pregar, para que o rebanho do Senhor não se arrede nunca do bom caminho.

— Aqui na capital?

— Não, no interior. Começo pela vila de ***.

Os dois velhos estremeceram; mas Simão nada viu. No dia seguinte partiu Simão, não sem algumas instâncias de seus pais para que ficasse. Notaram eles que seu filho nem de leve tocara em Helena. Também eles não quiseram magoá-lo falando em tal assunto.

Daí a dias, na vila de que falara frei Simão, era um alvoroço para ouvir as prédicas do missionário.

A velha igreja do lugar estava atopetada de povo.

À hora anunciada, frei Simão subiu ao púlpito e começou o discurso religioso. Metade do povo saiu aborrecido no meio do sermão. A razão era simples. Avezado à pintura viva dos caldeirões de Pedro Botelho e outros pedacinhos de ouro da maioria dos pregadores, o povo não podia ouvir com prazer a linguagem simples, branda, persuasiva, a que serviam de modelo as conferências do fundador da nossa religião.

O pregador estava a terminar, quando entrou apressadamente na igreja um par, marido e mulher: ele, honrado lavrador, meio remediado com o sítio que possuía e a boa vontade de trabalhar; ela, senhora estimada por suas virtudes, mas de uma melancolia invencível.

Depois de tomarem água benta, colocaram-se ambos em lugar donde pudessem ver facilmente o pregador.

Ouviu-se então um grito, e todos correram para a recém-chegada, que acabava de desmaiar. Frei Simão teve de parar o seu discurso, enquanto se punha termo ao incidente. Mas, por uma aberta que a turba deixava, pôde ele ver o rosto da desmaiada.

Era Helena.

No manuscrito do frade há uma série de reticências dispostas em oito linhas. Ele próprio não sabe o que se passou. Mas o que se passou foi que, mal conhecera Helena, continuou o frade o discurso. Era então outra coisa: era um discurso sem nexo, sem assunto, um verdadeiro delírio. A consternação foi geral.

V

O delírio de frei Simão durou alguns dias. Graças aos cuidados, pôde melhorar, e pareceu a todos que estava bom, menos ao médico, que queria continuar a cura. Mas o frade disse positivamente que se retirava ao convento, e não houve forças humanas que o detivessem.

O leitor compreende naturalmente que o casamento de Helena fora obrigado pelos tios.

A pobre senhora não resistiu à comoção. Dois meses depois morreu, deixando inconsolável o marido, que a amava com veras.

Frei Simão, recolhido ao convento, tornou-se mais solitário e taciturno. Restava-lhe ainda um pouco da alienação.

Já conhecemos o acontecimento de sua morte e a impressão que ela causara ao abade.

A cela de frei Simão de Santa Águeda esteve muito tempo religiosamente fechada. Só se abriu, algum tempo depois, para dar entrada a um velho secular, que por esmola alcançou do abade acabar os seus dias na convivência dos médicos da alma. Era o pai de Simão. A mãe tinha morrido.

Foi crença, nos últimos anos de vida deste velho, que ele não estava menos doido que frei Simão de Santa Águeda.

Publicado originalmente no
Jornal das Famílias (1864)

O segredo de Augusta

I

São onze horas da manhã.

D. Augusta Vasconcelos está reclinada sobre um sofá, com um livro na mão. Adelaide, sua filha, passa os dedos pelo teclado do piano.

— Papai já acordou? — pergunta Adelaide à sua mãe.

— Não — responde esta sem levantar os olhos do livro.

Adelaide levantou-se e foi ter com Augusta.

— Mas é tão tarde, mamãe — disse ela. — São onze horas. Papai dorme muito.

Augusta deixou cair o livro no regaço, e disse olhando para Adelaide:

— É que naturalmente recolheu-se tarde.

— Reparei já que nunca me despeço de papai quando me vou deitar. Anda sempre fora.

Augusta sorriu:

— És uma roceira — disse ela —; dormes com as galinhas. Aqui o costume é outro. Teu pai tem que fazer de noite.

— É política, mamãe? — perguntou Adelaide.

— Não sei — respondeu Augusta.

Comecei dizendo que Adelaide era filha de Augusta, e esta informação, necessária no romance, não o era menos na vida real em que se passou o episódio que vou contar, porque à primeira vista ninguém diria que havia ali mãe e filha; pareciam duas irmãs, tão jovem era a mulher de Vasconcelos.

Tinha Augusta trinta anos e Adelaide quinze; mas comparativamente a mãe parecia mais moça ainda que a filha. Conservava a mesma frescura dos quinze anos, e tinha de mais o que faltava a Adelaide, que era a consciência da beleza e da mocidade; consciência que seria louvável se não tivesse como consequência uma imensa e profunda vaidade. A sua estatura era mediana, mas imponente. Era muito alva e muito corada. Tinha os cabelos castanhos, e os olhos garços. As mãos compridas e benfeitas, pareciam criadas para os afagos de amor. Augusta dava melhor emprego às suas mãos; calçava-as de macia pelica.

As graças de Augusta estavam todas em Adelaide, mas em embrião. Adivinhava-se que aos vinte anos Adelaide devia rivalizar com Augusta; mas por enquanto havia na menina uns restos da infância que não davam realce aos elementos que a natureza pusera nela.

Todavia, era bem capaz de apaixonar um homem, sobretudo se ele fosse poeta, e gostasse das virgens de quinze anos, até porque era um pouco pálida, e os poetas em todos os tempos tiveram sempre queda para as criaturas descoradas.

Augusta vestia com suprema elegância; gastava muito, é verdade; mas aproveitava bem as enormes despesas, se acaso é isso aproveitá-las. Deve-se fazer-lhe uma justiça; Augusta não regateava nunca; pagava o preço que lhe pediam por qualquer coisa. Punha nisso a sua grandeza, e achava que o procedimento contrário era ridículo e de baixa esfera.

Neste ponto Augusta partilhava os sentimentos e servia aos interesses de alguns mercadores, que entendem ser uma desonra abater alguma coisa no preço das suas mercadorias.

O fornecedor de fazendas de Augusta, quando falava a este respeito, costumava dizer-lhe:

– Pedir um preço e dar a fazenda por outro preço menor, é confessar que havia intenção de esbulhar o freguês.

O fornecedor preferia fazer a coisa sem a confissão.

Outra justiça que devemos reconhecer era que Augusta não poupava esforços para que Adelaide fosse tão elegante como ela.

Não era pequeno o trabalho.

Adelaide desde a idade de cinco anos fora educada na roça em casa de uns parentes de Augusta, mais dados ao cultivo do café que às despesas do vestuário. Adelaide foi educada nesses hábitos e nessas idéias. Por isso quando chegou à corte, onde se reuniu à família, houve para ela uma verdadeira transformação. Passava de uma civilização para outra; viveu numa longa série de anos. O que lhe valeu é que tinha em sua mãe uma excelente mestra. Adelaide reformou-se, e no dia em que começa esta narração já era outra; todavia estava ainda muito longe de Augusta.

No momento em que Augusta respondia à curiosa pergunta de sua filha acerca das ocupações de Vasconcelos, parou um carro à porta.

Adelaide correu à janela.

– É D. Carlota, mamãe – disse a menina voltando-se para dentro.

Daí a alguns minutos entrava na sala a D. Carlota em questão.

Os leitores ficarão conhecendo esta nova personagem com a simples indicação de que era um segundo volume de Augusta; bela, como ela; elegante, como ela; vaidosa, como ela.

Tudo isto quer dizer que eram ambas as mais afáveis inimigas que pode haver neste mundo.

Carlota vinha pedir a Augusta para ir cantar num concerto que ia dar em casa, imaginado por ela para o fim de inaugurar um magnífico vestido novo.

Augusta de boa vontade acedeu ao pedido.

— Como está seu marido? — perguntou ela a Carlota.

— Foi para a praça; e o seu?

— O meu dorme.

— Como um justo? — perguntou Carlota sorrindo maliciosamente.

— Parece — respondeu Augusta.

Neste momento, Adelaide, que por pedido de Carlota tinha ido tocar um noturno ao piano, voltou para o grupo.

A amiga de Augusta perguntou-lhe:

— Aposto que já tem algum noivo em vista?

A menina corou muito, e balbuciou:

— Não fale nisso.

— Ora, há de ter! Ou então aproxima-se da época em que há de ter um noivo, e eu já lhe profetizo que há de ser bonito...

— É muito cedo — disse Augusta.

— Cedo!

— Sim, está muito criança; casar-se-á quando for tempo, e o tempo está longe...

– Já sei – disse Carlota rindo –, quer prepará-la bem... Aprovo-lhe a intenção. Mas nesse caso não lhe tire as bonecas.

– Já não as tem.

– Então é difícil impedir os namorados. Uma coisa substitui a outra.

Augusta sorriu, e Carlota levantou-se para sair.

– Já? – disse Augusta.

– É preciso; adeus!

– Adeus!

Trocaram-se alguns beijos e Carlota saiu logo.

Logo depois chegaram dois caixeiros: um com alguns vestidos e outro com um romance; eram encomendas feitas na véspera. Os vestidos eram caríssimos, e o romance tinha este título: *Fanny*, por Ernesto Feydeau.

II

Pela uma hora da tarde do mesmo dia levantou-se Vasconcelos da cama.

Vasconcelos era um homem de quarenta anos, bem-apessoado, dotado de um maravilhoso par de suíças grisalhas, que lhe davam um ar de diplomata, coisa de que estava afastado umas boas cem léguas. Tinha a cara risonha e expansiva; todo ele respirava uma robusta saúde.

Possuía uma boa fortuna e não trabalhava, isto é, trabalhava muito na destruição da referida fortuna, obra em que sua mulher colaborava conscienciosamente.

A observação de Adelaide era verídica; Vasconcelos recolhia-se tarde; acordava sempre depois do meio-dia; e saía às avemarias para voltar na madrugada seguinte. Quer dizer que fazia com regularidade algumas pequenas excursões à casa da família.

Só uma pessoa tinha o direito de exigir de Vasconcelos mais alguma assiduidade em casa: era Augusta; mas ela nada lhe dizia. Nem por isso se davam mal, porque o marido em compensação da tolerância de sua esposa não lhe negava nada, e todos os caprichos dela eram de pronto satisfeitos.

Se acontecia que Vasconcelos não pudesse acompanhá-la a todos os passeios e bailes, incumbia-se disso um irmão dele, comendador de duas ordens, político de oposição, excelente jogador de voltarete, e homem amável nas horas vagas, que eram bem poucas. O irmão Lourenço era o que se pode chamar um irmão terrível. Obedecia a todos os desejos da cunhada, mas não poupava de quando em quando um sermão ao irmão. Boa semente que não pegava.

Acordou, pois, Vasconcelos, e acordou de bom humor. A filha alegrou-se muito ao vê-lo, e ele mostrou-se de uma grande afabilidade com a mulher, que lhe retribuiu do mesmo modo.

– Por que acorda tão tarde? – perguntou Adelaide acariciando as suíças de Vasconcelos.

– Porque me deito tarde.

– Mas por que se deita tarde?

– Isso agora é muito perguntar! – disse Vasconcelos sorrindo.

E continuou:

– Deito-me tarde porque assim o pedem as necessidades políticas. Tu não sabes o que é política; é uma coisa muito feia, mas muito necessária.

— Sei o que é política, sim! — disse Adelaide.

— Ah! explica-me lá então o que é.

— Lá na roça, quando quebraram a cabeça ao juiz de paz, disseram que era por política; o que eu achei esquisito, porque a política seria não quebrar a cabeça...

Vasconcelos riu muito com a observação da filha, e foi almoçar, exatamente quando entrava o irmão, que não pôde deixar de exclamar:

— A boa hora almoças tu!

— Aí vens tu com as tuas reprimendas. Eu almoço quando tenho fome... Vê se me queres agora escravizar às horas e às denominações. Chama-lhe almoço ou *lunch*, a verdade é que estou comendo.

Lourenço respondeu com uma careta.

Terminado o almoço, anunciou-se a chegada do sr. Batista. Vasconcelos foi recebê-lo no gabinete particular.

Batista era um rapaz de vinte e cinco anos; era o tipo acabado do pândego; excelente companheiro numa ceia de sociedade equívoca, nulo conviva numa sociedade honesta. Tinha chiste e certa inteligência, mas era preciso que estivesse em clima próprio para que se lhe desenvolvessem essas qualidades. No mais era bonito; tinha um lindo bigode; calçava botins do Campas, e vestia no mais apurado gosto; fumava tanto como um soldado e tão bem como um *lord*.

— Aposto que acordaste agora? — disse Batista entrando no gabinete do Vasconcelos.

— Há três quartos de hora; almocei neste instante. Toma um charuto.

Batista aceitou o charuto, e estirou-se numa cadeira americana, enquanto Vasconcelos acendia um fósforo.

— Viste o Gomes? — perguntou Vasconcelos.

— Vi-o ontem. Grande notícia; rompeu com a sociedade.

— Deveras?

— Quando lhe perguntei por que motivo ninguém o via há um mês, respondeu-me que estava passando por uma transformação, e que do Gomes que foi só ficará lembrança. Parece incrível, mas o rapaz fala com convicção.

— Não creio; aquilo é alguma caçoada que nos quer fazer. Que novidades há?

— Nada; isto é, tu é que deves saber alguma coisa.

— Eu, nada...

— Ora essa! não foste ontem ao Jardim?

— Fui, sim; houve uma ceia...

— De família, sim. Eu fui ao Alcazar. A que horas acabou a reunião?

— Às quatro da manhã...

Vasconcelos estendeu-se numa rede, e a conversa continuou por esse tom, até que um moleque veio dizer a Vasconcelos que estava na sala o sr. Gomes.

— Eis o homem! — disse Batista.

— Manda subir — ordenou Vasconcelos.

O moleque desceu para dar o recado; mas só um quarto de hora depois é que Gomes apareceu, por demorar-se algum tempo embaixo conversando com Augusta e Adelaide.

— Quem é vivo, sempre aparece — disse Vasconcelos ao avistar o rapaz.

— Não me procuram... — disse ele.

— Perdão; eu já lá fui duas vezes, e disseram-me que havias saído.

— Só por grande fatalidade, porque eu quase nunca saio.

— Mas então estás completamente ermitão?

— Estou crisálida; vou reaparecer borboleta — disse Gomes sentando-se.

— Temos poesia... Guarda debaixo, Vasconcelos...

O novo personagem, o Gomes tão desejado e tão escondido, representava ter cerca de trinta anos. Ele, Vasconcelos e Batista eram a trindade do prazer e da dissipação, ligada por uma indissolúvel amizade. Quando Gomes, cerca de um mês antes, deixou de aparecer nos círculos do costume, todos repararam nisso, mas só Vasconcelos e Batista sentiram deveras. Todavia, não insistiram muito em arrancá-lo à solidão, somente pela consideração de que talvez houvesse nisso algum interesse do rapaz.

Gomes foi portanto recebido como um filho pródigo.

— Mas onde te meteste? Que é isso de crisálida e de borboleta? Cuidas que eu sou do mangue?

— É o que lhes digo, meus amigos. Estou criando asas.

— Asas! — disse Batista sufocando uma risada.

— Só se são asas de gavião para cair...

— Não, estou falando sério.

E com efeito Gomes apresentava um ar sério e convencido. Vasconcelos e Batista olharam um para o outro.

— Pois se é verdade isso que dizes, explica-nos lá que asas são essas, e sobretudo para onde é que queres voar.

A estas palavras de Vasconcelos, acrescentou Batista:

— Sim, deves dar-nos uma explicação, e se nós que somos o teu conselho de família, acharmos que a explicação é boa, aprovamo-la; senão, ficas sem asas, e ficas sendo o que sempre foste...

— Apoiado — disse Vasconcelos.

— Pois é simples; estou criando asas de anjo, e quero voar para o céu do amor.

— Do amor! — disseram os dois amigos de Gomes.

— É verdade — continuou Gomes. — Que fui eu até hoje? Um verdadeiro estroina, um perfeito pândego, gastando às mãos largas a minha fortuna e o meu coração. Mas isto é bastante para encher a vida? Parece que não...

— Até aí concordo... isso não basta; é preciso que haja outra coisa; a diferença está na maneira de...

— É exato — disse Vasconcelos —; é exato; é natural que vocês pensem de modo diverso, mas eu acho que tenho razão em dizer que sem o amor casto e puro a vida é um puro deserto.

Batista deu um pulo.

Vasconcelos fitou os olhos em Gomes:

— Aposto que vais casar? — disse-lhe.

— Não sei se vou casar; sei que amo, e espero acabar por casar-me com a mulher a quem amo.

— Casar! — exclamou Batista.

E soltou uma estridente gargalhada.

Mas Gomes falava tão seriamente, insistia com tanta gravidade naqueles projetos de regeneração, que os dois amigos acabaram por ouvi-lo com igual seriedade.

Gomes falava uma linguagem estranha, e inteiramente nova na boca de um rapaz que era o mais doido e ruidoso nos festins de Baco e de Citera.

— Assim, pois, deixa-nos? — perguntou Vasconcelos.

— Eu? Sim, e não; encontrar-me-ão nas salas; nos hotéis e nas casas equívocas, nunca mais.

— *De profundis...* — cantarolou Batista.

— Mas afinal de contas — disse Vasconcelos —, onde está a tua Márion? Pode-se saber quem ela é?

— Não é Márion, é Virgínia... Pura simpatia ao princípio, depois afeição pronunciada, hoje paixão verdadeira. Lutei enquanto pude; mas abati as armas diante de uma força maior. O meu grande medo era não ter uma alma capaz de oferecer a essa gentil criatura. Pois tenho-a, e tão fogosa, e tão virgem como no tempo dos meus dezoito anos. Só o casto olhar de uma virgem poderia descobrir no meu lodo essa pérola divina. Renasço melhor do que era...

— Está claro, Vasconcelos, o rapaz está doido; mandemo-lo para a Praia Vermelha; e como pode ter algum acesso, eu vou-me embora...

Batista pegou no chapéu.

— Aonde vais? — disse-lhe Gomes.

— Tenho que fazer; mas logo aparecerei em tua casa; quero ver se ainda é tempo de arrancar-te a esse abismo.

E saiu.

III

Os dois ficaram sós.

— Então é certo que estás apaixonado?

— Estou. Eu bem sabia que vocês dificilmente acreditariam nisto; eu próprio não creio ainda, e contudo é verdade. Acabo por onde tu começaste. Será melhor ou pior? Eu creio que é melhor.

— Tens interesse em ocultar o nome da pessoa?

— Oculto-o por ora a todos, menos a ti.

— É uma prova de confiança...

Gomes sorriu.

— Não — disse ele —, é uma condição *sine qua non*; antes de todos tu deves saber quem é a escolhida do meu coração; trata-se de tua filha.

— Adelaide? — perguntou Vasconcelos espantado.

— Sim, tua filha.

A revelação de Gomes caiu como uma bomba. Vasconcelos nem por sombras suspeitava semelhante coisa.

— Este amor é da tua aprovação? — perguntou-lhe Gomes.

Vasconcelos refletia, e depois de alguns minutos de silêncio, disse:

— O meu coração aprova a tua escolha; és meu amigo, estás apaixonado, e uma vez que ela te ame...

Gomes ia falar, mas Vasconcelos continuou sorrindo:

— Mas a sociedade?

— Que sociedade?

— A sociedade que nos tem em conta de libertinos, a ti e a mim, é natural que não aprove o meu ato.

— Já vejo que é uma recusa — disse Gomes entristecendo.

— Qual recusa, pateta! É uma objeção, que tu poderás destruir dizendo: a sociedade é uma grande caluniadora e uma famosa indiscreta. Minha filha é tua, com uma condição.

— Qual?

— A condição da reciprocidade. Ama-te ela?

— Não sei – respondeu Gomes.

— Mas desconfias...

— Não sei; sei que a amo e que daria a minha vida por ela, mas ignoro se sou correspondido.

— Hás de ser... Eu me incumbirei de apalpar o terreno. Daqui a dois dias dou-te a minha resposta. Ah! se ainda tenho de ver-te meu genro!

A resposta de Gomes foi cair-lhe nos braços. A cena já roçava pela comédia quando deram três horas. Gomes lembrou-se que tinha *rendez-vous* com um amigo; Vasconcelos lembrou-se que tinha de escrever algumas cartas.

Gomes saiu sem falar às senhoras.

Pelas quatro horas Vasconcelos dispunha-se a sair, quando vieram anunciar-lhe a visita do sr. José Brito.

Ao ouvir este nome o alegre Vasconcelos franziu o sobrolho.

Pouco depois entrava no gabinete o sr. José Brito.

O sr. José Brito era para Vasconcelos um verdadeiro fantasma, um eco do abismo, uma voz da realidade; era um credor.

— Não contava hoje com a sua visita – disse Vasconcelos.

— Admira – respondeu o sr. José Brito com uma placidez de apunhalar – porque hoje são 21.

— Cuidei que eram 19 – balbuciou Vasconcelos.

— Anteontem, sim; mas hoje são 21. Olhe: – continuou o credor pegando no *Jornal do Commercio* que se achava numa cadeira – quinta-feira 21.

— Vem buscar o dinheiro?

— Aqui está a letra – disse o sr. José Brito tirando a carteira do bolso e um papel da carteira.

— Por que não veio mais cedo? — perguntou Vasconcelos, procurando assim espaçar a questão principal.

—Vim às oito horas da manhã — respondeu o credor —, estava dormindo; vim às nove, idem; vim às dez, idem; vim às onze, idem; vim ao meio-dia, idem. Quis vir à uma hora, mas tinha de mandar um homem para a cadeia e não me foi possível acabar cedo. Às três jantei, e às quatro aqui estou.

Vasconcelos puxava o charuto a ver se lhe ocorria alguma ideia boa de escapar ao pagamento com que ele não contava.

Não achava nada; mas o próprio credor forneceu-lhe ensejo.

— Além de que — disse ele —, a hora não importa nada, porque eu estava certo de que o senhor me vai pagar.

— Ah! — disse Vasconcelos —, é talvez um engano; eu não contava com o senhor hoje, e não arranjei o dinheiro...

— Então, como há de ser? — perguntou o credor com ingenuidade.

Vasconcelos sentiu entrar-lhe n'alma a esperança.

— Nada mais simples — disse —; o senhor espera até amanhã...

— Amanhã, quero assistir à penhora de um indivíduo que mandei processar por uma larga dívida; não posso...

— Perdão, eu levo-lhe o dinheiro à sua casa...

— Isso seria bom se os negócios comerciais se arranjassem assim. Se fôssemos dois amigos é natural que eu me contentasse com a sua promessa, e tudo acabaria amanhã; mas eu sou seu credor, e só tenho em vista salvar o meu interesse... Portanto, acho melhor pagar hoje...

Vasconcelos passou a mão pelos cabelos.

— Mas se eu não tenho! — disse ele.

— É uma coisa que o deve incomodar muito, mas que a mim não me causa a menor impressão... isto é, deve causar-me alguma, porque o senhor está hoje em situação precária.

— Eu?

— É verdade; as suas casas da rua da Imperatriz estão hipotecadas; a da rua de S. Pedro foi vendida, e a importância já vai longe; os seus escravos têm ido a um e um, sem que o senhor o perceba, e as despesas que o senhor há pouco fez para montar uma casa a certa dama da sociedade equívoca são imensas. Eu sei tudo; sei mais do que o senhor...

Vasconcelos estava visivelmente aterrado.

O credor dizia a verdade.

— Mas enfim — disse Vasconcelos —, o que havemos de fazer?

— Uma coisa simples; duplicamos a dívida, e o senhor passa-me agora mesmo um depósito.

— Duplicar a dívida! mas isto é um...

— Isto é uma tábua de salvação; sou moderado. Vamos lá, aceite. Escreva-me aí o depósito, e rasga-se a letra.

Vasconcelos ainda quis fazer objeção; mas era impossível convencer o sr. José Brito.

Assinou o depósito de dezoito contos.

Quando o credor saiu, Vasconcelos entrou a meditar seriamente na sua vida.

Até então gastara tanto e tão cegamente que não reparara no abismo que ele próprio cavara a seus pés.

Veio porém adverti-lo a voz de um dos seus algozes.

Vasconcelos refletiu, calculou, recapitulou as suas despesas e as suas obrigações, e viu que da fortuna que possuía tinha na realidade menos da quarta parte.

Para viver como até ali vivera, aquilo era nada menos que a miséria.

Que fazer em tal situação?

Vasconcelos pegou no chapéu e saiu.

Vinha caindo a noite.

Depois de andar algum tempo pelas ruas entregue às suas meditações, Vasconcelos entrou no Alcazar.

Era um meio de distrair-se.

Ali encontraria a sociedade do costume.

Batista veio ao encontro do amigo.

— Que cara é essa? — disse-lhe.

— Não é nada, pisaram-me um calo — respondeu Vasconcelos, que não encontrava melhor resposta.

Mas um pedicuro que se achava perto de ambos ouviu o dito, nunca mais perdeu de vista o infeliz Vasconcelos, a quem a coisa mais indiferente incomodava. O olhar persistente do pedicuro aborreceu-o tanto, que Vasconcelos saiu.

Entrou no Hotel de Milão, para jantar. Por mais preocupado que ele estivesse, a exigência do estômago não se demorou.

Ora, no meio do jantar lembrou-lhe aquilo que não devia ter-lhe saído da cabeça: o pedido de casamento feito nessa tarde por Gomes.

Foi um raio de luz.

"Gomes é rico", pensou Vasconcelos; "o meio de escapar a maiores desgostos é este; Gomes casa-se com Adelaide, e como é meu amigo não me negará o que eu precisar. Pela minha parte procurarei ganhar o perdido... Que boa fortuna foi aquela lembrança do casamento!"

Vasconcelos comeu alegremente; voltou depois ao Alcazar, onde alguns rapazes e *outras pessoas* fizeram esquecer completamente os seus infortúnios.

Às três horas da noite Vasconcelos entrava para casa com a tranquilidade e regularidade do costume.

IV

No dia seguinte o primeiro cuidado de Vasconcelos foi consultar o coração de Adelaide. Queria porém fazê-lo na ausência de Augusta. Felizmente esta precisava de ir ver à rua da Quitanda umas fazendas novas, e saiu com o cunhado, deixando a Vasconcelos toda a liberdade.

Como os leitores já sabem, Adelaide queria muito ao pai, e era capaz de fazer por ele tudo. Era, além disso, um excelente coração. Vasconcelos contava com essas duas forças.

– Vem cá, Adelaide – disse ele entrando na sala –; sabes quantos anos tens?

– Tenho quinze.

– Sabes quantos anos tem tua mãe?

– Vinte e sete, não é?

– Tem trinta; quer dizer que tua mãe casou-se com quinze anos.

Vasconcelos parou, a fim de ver o efeito que produziam estas palavras; mas foi inútil a expectativa; Adelaide não compreendeu nada.

O pai continuou:

– Não pensaste no casamento?

A menina corou muito, hesitou em falar, mas como o pai instasse, respondeu:

— Qual, papai! Eu não quero casar...
— Não queres casar? É boa! Por quê?
— Porque não tenho vontade, e vivo bem aqui.
— Mas tu podes casar e continuar a viver aqui...
— Bem; mas não tenho vontade.
— Anda lá... Amas alguém, confessa.
— Não me pergunte isso, papai... eu não amo ninguém.

A linguagem de Adelaide era tão sincera, que Vasconcelos não podia duvidar.

— Ela fala a verdade — pensou ele —; é inútil tentar por esse lado...

Adelaide sentou-se ao pé dele, e disse:

— Portanto, meu paizinho, não falemos mais nisso...
— Falemos, minha filha; tu és criança, não sabes calcular. Imagina que eu e tua mãe morremos amanhã. Quem te há de amparar? Só um marido.
— Mas se eu não gosto de ninguém...
— Por ora; mas hás de vir a gostar se o noivo for um bonito rapaz, de bom coração... Eu já escolhi um que te ama muito, e a quem tu hás de amar.

Adelaide estremeceu.

— Eu? — disse ela. — Mas... quem é?
— É o Gomes.
— Não o amo, meu pai...
— Agora, creio; mas não negas que ele é digno de ser amado. Dentro de dois meses estás apaixonada por ele.

Adelaide não disse palavra. Curvou a cabeça e começou a torcer nos dedos uma das suas tranças bastas e negras. O seio arfava-lhe com força; a menina tinha os olhos cravados no tapete.

— Vamos, está decidido, não? — perguntou Vasconcelos.

— Mas, papai, e se eu for infeliz?...

— Isso é impossível, minha filha; hás de ser muito feliz; e hás de amar muito a teu marido.

— Oh! papai — disse-lhe Adelaide com os olhos rasos de água —, peço-lhe que não me case ainda...

— Adelaide, o primeiro dever de uma filha é obedecer a seu pai, e eu sou teu pai. Quero que te cases com o Gomes; hás de casar.

Estas palavras, para terem todo o efeito, deviam ser seguidas de uma retirada rápida. Vasconcelos compreendeu isso, e saiu da sala deixando Adelaide na maior desolação.

Adelaide não amava ninguém. A sua recusa não tinha por ponto de partida nenhum outro amor; também não era resultado de aversão que tivesse pelo seu pretendente.

A menina sentia simplesmente uma total indiferença pelo rapaz.

Nestas condições o casamento não deixava de ser uma odiosa imposição.

Mas que faria Adelaide? A quem recorreria?

Recorreu às lágrimas.

Quanto a Vasconcelos, subiu ao gabinete e escreveu as seguintes linhas ao futuro genro:

Tudo caminha bem; autorizo-te a vires fazer corte à pequena, e espero que dentro de dois meses o casamento esteja concluído.

Fechou a carta e mandou-a.

Pouco depois voltaram de fora Augusta e Lourenço.

Enquanto Augusta subiu para o quarto da *toilette* para mudar de roupa, Lourenço foi ter com Adelaide, que estava no jardim.

Reparou que ela tinha os olhos vermelhos, e inquiriu a causa; mas a moça negou que fosse de chorar.

Lourenço não acreditou nas palavras da sobrinha, e instou com ela para que lhe contasse o que havia.

Adelaide tinha grande confiança no tio, até por causa da sua rudeza de maneiras. No fim de alguns minutos de instâncias, Adelaide contou a Lourenço a cena com o pai.

– Então, é por isso que estás chorando, pequena?

– Pois então? Como fugir ao casamento?

– Descansa, não te casarás; eu te prometo que não te hás de casar.

A moça sentiu um estremecimento de alegria.

– Promete, meu tio, que há de convencer a papai?

– Hei de vencê-lo ou convencê-lo, não importa; tu não te hás de casar. Teu pai é um tolo.

Lourenço subiu ao gabinete de Vasconcelos, exatamente no momento em que este se dispunha a sair.

– Vais sair? – perguntou-lhe Lourenço.

– Vou.

– Preciso falar-te.

Lourenço sentou-se, e Vasconcelos, que já tinha o chapéu na cabeça, esperou de pé que ele falasse.

— Senta-te — disse Lourenço.

Vasconcelos sentou-se.

— Há dezesseis anos...

— Começas de muito longe; vê se abrevias uma meia dúzia de anos, sem o que não prometo ouvir o que me vais dizer.

— Há dezesseis anos — continuou Lourenço — que és casado; mas a diferença entre o primeiro dia e o dia de hoje é grande.

— Naturalmente — disse Vasconcelos. — *Tempora mutantur et...*

— Naquele tempo — continuou Lourenço —, dizias que encontraras um paraíso, o verdadeiro paraíso, e foste durante dois ou três anos o modelo dos maridos. Depois mudaste completamente; e o paraíso tornar-se-ia verdadeiro inferno se tua mulher não fosse tão indiferente e fria como é, evitando assim as mais terríveis cenas domésticas.

— Mas, Lourenço, que tens com isso?

— Nada; nem é disso que vou falar-te. O que me interessa é que não sacrifiques tua filha por um capricho, entregando-a a um dos teus companheiros de vida solta...

Vasconcelos levantou-se:

— Estás doido! — disse ele.

— Estou calmo, e dou-te o prudente conselho de não sacrificares tua filha a um libertino.

— Gomes não é libertino; teve uma vida de rapaz, é verdade, mas gosta de Adelaide, e reformou-se completamente. É um bom casamento, e por isso acho que todos devemos aceitá-lo. É a minha vontade, e nesta casa quem manda sou eu.

Lourenço procurou falar ainda, mas Vasconcelos já ia longe. "Que fazer?", pensou Lourenço.

V

A oposição de Lourenço não causava grande impressão a Vasconcelos. Ele podia, é verdade, sugerir à sobrinha ideias de resistência; mas Adelaide, que era um espírito fraco, cederia ao último que lhe falasse, e os conselhos de um dia seriam vencidos pela imposição do dia seguinte.

Todavia era conveniente obter o apoio de Augusta. Vasconcelos pensou em tratar disso o mais cedo que lhe fosse possível.

Entretanto, urgia organizar os seus negócios, e Vasconcelos procurou um advogado a quem entregou todos os papéis e informações, encarregando-o de orientá-lo em todas as necessidades da situação, quais os meios que poderia opor em qualquer caso de reclamação por dívida ou hipoteca.

Nada disto fazia supor da parte de Vasconcelos uma reforma de costumes. Preparava-se apenas para continuar a vida anterior.

Dois dias depois da conversa com o irmão, Vasconcelos procurou Augusta, para tratar francamente do casamento de Adelaide.

Já nesse intervalo o futuro noivo, obedecendo ao conselho de Vasconcelos, fazia corte prévia à filha. Era possível que, se o casamento não lhe fosse imposto, Adelaide acabasse por gostar do rapaz. Gomes era um homem belo e elegante; e, além disso, conhecia todos os recursos de que se deve usar para impressionar uma mulher.

Teria Augusta notado a presença assídua do moço? Vasconcelos fazia essa pergunta ao seu espírito no momento em que entrava na *toilette* da mulher.

– Vais sair? – perguntou ele.

– Não; tenho visitas.

– Ah! quem?

– A mulher do Seabra – disse ela.

Vasconcelos sentou-se, e procurou um meio de encabeçar a conversa especial que ali o levava.

– Estás muito bonita hoje!

– Deveras? – disse ela sorrindo. – Pois estou hoje como sempre, e é singular que o digas hoje...

– Não; realmente hoje estás mais bonita do que costumas, a ponto que sou capaz de ter ciúmes...

– Qual! – disse Augusta com um sorriso irônico.

Vasconcelos coçou a cabeça, tirou o relógio, deu-lhe corda; depois entrou a puxar as barbas, pegou numa folha, leu dois ou três anúncios, atirou a folha ao chão, e afinal, depois de um silêncio já prolongado, Vasconcelos achou melhor atacar a praça de frente.

– Tenho pensado ultimamente em Adelaide – disse ele.

– Ah! por quê?

– Está moça...

– Moça! – exclamou Augusta, é uma criança...

– Está mais velha do que tu quando te casaste...

Augusta franziu ligeiramente a testa.

– Mas então... – disse ela.

— Então é que eu desejo fazê-la feliz e feliz pelo casamento. Um rapaz, digno dela a todos os respeitos, pediu-ma há dias, e eu disse-lhe que sim. Em sabendo quem é, aprovarás a escolha; é o Gomes. Casamo-la, não?

— Não! – respondeu Augusta.

— Como, não?

— Adelaide é uma criança; não tem juízo nem idade própria... Casar-se-á quando for tempo.

— Quando for tempo? Estás certa se o noivo esperará até que seja tempo?

— Paciência – disse Augusta.

— Tens alguma coisa que notar no Gomes?

— Nada. É um moço distinto; mas não convém a Adelaide.

Vasconcelos hesitava em continuar; parecia-lhe que nada se podia arranjar; mas a ideia da fortuna deu-lhe forças, e ele perguntou:

— Por quê?

— Estás certo de que ele convenha a Adelaide? – perguntou Augusta, eludindo a pergunta do marido.

— Afirmo que convém.

— Convenha ou não, a pequena não deve casar já.

— E se ela amasse?...

— Que importa isso? Esperaria!

— Entretanto, Augusta, não podemos prescindir deste casamento... É uma necessidade fatal.

— Fatal? Não compreendo.

— Vou explicar-me. O Gomes tem uma boa fortuna.

— Também nós temos uma...

— É o teu engano – interrompeu Vasconcelos.

— Como assim?

Vasconcelos continuou:

— Mais tarde ou mais cedo havias de sabê-lo, e eu estimo ter esta ocasião de dizer-te toda a verdade. A verdade é que, se não estamos pobres, estamos arruinados.

Augusta ouviu estas palavras com os olhos espantados. Quando ele acabou, disse:

— Não é possível!

— Infelizmente é verdade!

Seguiu-se algum tempo de silêncio.

"Tudo está arranjado", pensou Vasconcelos.

Augusta rompeu o silêncio.

— Mas — disse ela — se a nossa fortuna está abalada, creio que o senhor tem coisa melhor para fazer do que estar conversando; é reconstruí-la.

Vasconcelos fez com a cabeça um movimento de espanto, e como se fosse aquilo uma pergunta, Augusta apressou-se a responder:

— Não se admire disto; creio que o seu dever é reconstruir a fortuna.

— Não me admira esse dever; admira-me que mo lembres por esse modo. Dir-se-ia que a culpa é minha...

— Bom! — disse Augusta —, vais dizer que fui eu...

— A culpa, se culpa há, é de nós ambos.

— Por quê? É também minha?

— Também. As tuas despesas loucas contribuíram em grande parte para este resultado; eu nada te recusei nem recuso, e é nisso que sou culpado. Se é isso que me lanças em rosto, aceito.

Augusta levantou os ombros com um gesto de despeito; e deitou a Vasconcelos um olhar de tamanho desdém que bastaria para intentar uma ação de divórcio.

Vasconcelos viu o movimento e o olhar.

— O amor do luxo e do supérfluo — disse ele — há de sempre produzir estas consequências. São terríveis, mas explicáveis. Para conjurá-las era preciso viver com moderação. Nunca pensaste nisso. No fim de seis meses de casada entraste a viver no turbilhão da moda, e o pequeno regato das despesas tornou-se um rio imenso de desperdícios. Sabes o que me disse uma vez meu irmão? Disse-me que a ideia de mandar Adelaide para a roça foi-te sugerida pela necessidade de viver sem cuidados de natureza alguma.

Augusta tinha-se levantado e deu alguns passos; estava trêmula e pálida.

Vasconcelos ia por diante nas suas recriminações, quando a mulher o interrompeu, dizendo:

— Mas por que motivo não impediu o senhor essas despesas que eu fazia?

— Queria a paz doméstica.

— Não! — clamou ela —; o senhor queria ter por sua parte uma vida livre e independente; vendo que eu me entregava a essas despesas imaginou comprar a minha tolerância com a sua tolerância. Eis o único motivo; a sua vida não será igual à minha; mas é pior... Se eu fazia despesas em casa o senhor as fazia na rua... É inútil negar, porque eu sei tudo; conheço, de nome, as rivais que sucessivamente o senhor me deu, e nunca lhe disse uma única palavra, nem agora lho censuro, porque seria inútil e tarde.

A situação tinha mudado. Vasconcelos começara constituindo-se juiz, e passara a ser corréu. Negar era impossível; discutir era arriscado e inútil. Preferiu sofismar.

— Dado que fosse assim (e eu não discuto esse ponto), em todo caso a culpa será de nós ambos, e não vejo razão para que ma lances em rosto. Devo reparar a fortuna, concordo; há um meio, e é este: o casamento de Adelaide com o Gomes.

— Não! — disse Augusta.

— Bem; seremos pobres, ficaremos piores do que estamos agora; venderemos tudo...

— Perdão — disse Augusta —, eu não sei por que razão não há de o senhor, que é forte, e tem a maior parte no desastre, empregar esforços para a reconstrução da fortuna destruída.

— É trabalho longo; e daqui até lá a vida continua e gasta-se. O meio, já lho disse, é este: casar Adelaide com o Gomes.

— Não quero! — disse Augusta, não consinto em semelhante casamento.

Vasconcelos ia responder, mas Augusta, logo depois de proferir estas palavras, tinha saído precipitadamente do gabinete.

Vasconcelos saiu alguns minutos depois.

VI

Lourenço não teve conhecimento da cena entre o irmão e a cunhada, e depois da teima de Vasconcelos resolveu nada mais dizer; entretanto, como queria muito à sobrinha, e não queria vê-la entregue a um homem de costumes que ele reprovava,

Lourenço esperou que a situação tomasse caráter mais decisivo para assumir mais ativo papel.

Mas, a fim de não perder tempo, e poder usar alguma arma poderosa, Lourenço tratou de instaurar uma pesquisa mediante a qual pudesse colher informações minuciosas acerca de Gomes.

Este cuidava que o casamento era coisa decidida, e não perdia um só dia na conquista de Adelaide.

Notou, porém, que Augusta tornava-se mais fria e indiferente, sem causa que ele conhecesse, e entrou-lhe no espírito a suspeita de que viesse dali alguma oposição.

Quanto a Vasconcelos, desanimado pela cena da *toilette*, esperou melhores dias, e contou sobretudo com o império da necessidade.

Um dia, porém, exatamente quarenta e oito horas depois da grande discussão com Augusta, Vasconcelos fez dentro de si esta pergunta:

"Augusta recusa a mão de Adelaide para o Gomes; por quê?"

De pergunta em pergunta, de dedução em dedução, abriu-se no espírito de Vasconcelos campo para uma suspeita dolorosa.

"Amá-lo-á ela?", perguntou ele a si próprio.

Depois, como se o abismo atraísse o abismo, e uma suspeita reclamasse outra, Vasconcelos perguntou:

— Ter-se-iam eles amado algum tempo?

Pela primeira vez, Vasconcelos sentiu morder-lhe no coração a serpe do ciúme.

Do ciúme digo eu, por eufemismo; não sei se aquilo era ciúme; era amor-próprio ofendido.

As suspeitas de Vasconcelos teriam razão?

Devo dizer a verdade: não tinham. Augusta era vaidosa, mas era fiel ao infiel marido; e isso por dois motivos: um de consciência, outro de temperamento. Ainda que ela não estivesse convencida do seu dever de esposa, é certo que nunca trairia o juramento conjugal. Não era feita para as paixões, a não serem as paixões ridículas que a vaidade impõe. Ela amava antes de tudo a sua própria beleza; o seu melhor amigo era o que dissesse que ela era mais bela entre as mulheres; mas se lhe dava a sua amizade, não lhe daria nunca o coração; isso a salvava.

A verdade é esta; mas quem o diria a Vasconcelos? Uma vez suspeitoso de que a sua honra estava afetada, Vasconcelos começou a recapitular toda a sua vida. Gomes frequentava a sua casa há seis anos, e tinha nela plena liberdade. A traição era fácil. Vasconcelos entrou a recordar as palavras, os gestos, os olhares, tudo que antes lhe foi indiferente, e que naquele momento tomava um caráter suspeitoso.

Dois dias andou Vasconcelos cheio deste pensamento. Não saía de casa. Quando Gomes chegava, Vasconcelos observava a mulher com desusada persistência; a própria frieza com que ela recebia o rapaz era aos olhos do marido uma prova do delito.

Estava nisto, quando na manhã do terceiro dia (Vasconcelos já se levantava cedo) entrou-lhe no gabinete o irmão, sempre com o ar selvagem do costume.

A presença de Lourenço inspirou a Vasconcelos a ideia de contar-lhe tudo.

Lourenço era um homem de bom-senso, e em caso de necessidade era um apoio.

O irmão ouviu tudo quanto Vasconcelos contou, e concluindo este, rompeu o seu silêncio com estas palavras:

— Tudo isso é uma tolice; se tua mulher recusa o casamento, será por qualquer outro motivo que não esse.

— Mas é o casamento com o Gomes que ela recusa.

— Sim, porque lhe falaste no Gomes; fala-lhe em outro, talvez recuse do mesmo modo. Há de haver outro motivo; talvez Adelaide lhe contasse, talvez lhe pedisse para opor-se, porque tua filha não ama o rapaz, e não pode casar com ele.

— Não casará.

— Não só por isso, mas até porque...

— Acaba.

— Até porque este casamento é uma especulação do Gomes.

— Uma especulação? — perguntou Vasconcelos.

— Igual à tua — disse Lourenço. — Tu dás-lhe a filha com os olhos na fortuna dele; ele aceita-a com os olhos na tua fortuna...

— Mas ele possui...

— Não possui nada; está arruinado como tu. Indaguei e soube da verdade. Quer naturalmente continuar a mesma vida dissipada que teve até hoje, e a tua fortuna é um meio...

— Estás certo disso?

— Certíssimo!...

Vasconcelos ficou aterrado. No meio de todas as suspeitas, ainda lhe restava a esperança de ver a sua honra salva, e realizado aquele negócio que lhe daria uma excelente situação.

Mas a revelação de Lourenço matou-o.

— Se queres uma prova, manda chamá-lo, e dize-lhe que estás pobre, e por isso lhe recusas a filha; observa-o bem, e verás o efeito que as tuas palavras lhe hão de produzir.

Não foi preciso mandar chamar o pretendente. Daí a uma hora apresentou-se ele em casa de Vasconcelos.

Vasconcelos mandou-o subir ao gabinete.

VII

Logo depois dos primeiros cumprimentos, Vasconcelos disse:

— Ia mandar chamar-te.

— Ah! para quê? — perguntou Gomes.

— Para conversarmos acerca do... casamento.

— Ah! há algum obstáculo?

— Conversemos.

Gomes tornou-se mais sério; entrevia alguma dificuldade grande.

Vasconcelos tomou a palavra.

— Há circunstâncias — disse ele — que devem ser bem definidas, para que se possa compreender bem...

— É a minha opinião.

— Amas minha filha?

— Quantas vezes queres que to diga?

— O teu amor está acima de todas as circunstâncias?...

— De todas, salvo aquelas que entenderem com a felicidade dela.

— Devemos ser francos; além de amigo que sempre foste, és agora quase meu filho... A discrição entre nós seria indiscreta...

— Sem dúvida! — respondeu Gomes.

— Vim a saber que os meus negócios param mal; as despesas que fiz alteraram profundamente a economia da minha vida, de modo que eu não te minto dizendo que estou pobre.

Gomes reprimiu uma careta.

— Adelaide — continuou Vasconcelos — não tem fortuna, não terá mesmo dote; é apenas uma mulher que eu te dou. O que te afianço é que é um anjo, e que há de ser excelente esposa.

Vasconcelos calou-se, e o seu olhar cravado no rapaz parecia querer arrancar-lhe das feições as impressões da alma.

Gomes devia responder; mas durante alguns minutos houve entre ambos um profundo silêncio.

Enfim o pretendente tomou a palavra.

— Aprecio — disse ele — a tua franqueza, e usarei de franqueza igual.

— Não peço outra coisa...

— Não foi por certo o dinheiro que me inspirou este amor; creio que me farás a justiça de crer que eu estou acima dessas considerações. Além de que, no dia em que eu te pedi a querida do meu coração, acreditava estar rico.

— Acreditavas?

— Escuta. Só ontem é que o meu procurador me comunicou o estado dos meus negócios.

— Mau?

— Se fosse isso apenas! Mas imagina que há seis meses estou vivendo pelos esforços inauditos que o meu procurador fez para apurar algum dinheiro, pois que ele não tinha ânimo de dizer-me a verdade. Ontem soube tudo!

— Ah!

— Calcula qual é o desespero de um homem que acredita estar bem, e reconhece um dia que não tem nada!

— Imagino por mim!

— Entrei alegre aqui, porque a alegria que eu ainda tenho reside nesta casa; mas a verdade é que estou à beira de um abismo. A sorte castigou-nos a um tempo...

Depois desta narração, que Vasconcelos ouviu sem pestanejar, Gomes entrou no ponto mais difícil da questão.

— Aprecio a tua franqueza, e aceito tua filha sem fortuna; também eu não tenho, mas ainda me restam forças para trabalhar.

— Aceitas?

— Escuta. Aceito D. Adelaide, mediante uma condição; é que ela queira esperar algum tempo, a fim de que eu comece a minha vida. Pretendo ir ao governo e pedir um lugar qualquer, se é que ainda me lembro do que aprendi na escola... Apenas tenha começado a vida, cá virei buscá-la. Queres?

— Se ela consentir — disse Vasconcelos abraçando esta tábua de salvação —, é coisa decidida.

Gomes continuou:

— Bem, falarás nisso amanhã, e mandar-me-ás resposta. Ah!, se eu tivesse ainda a minha fortuna! Era agora que eu queria provar-te a minha estima!

— Bem, ficamos nisto.

— Espero a tua resposta.

E despediram-se.

Vasconcelos ficou fazendo esta reflexão:

"De tudo quanto ele disse só acredito que já não tem nada. Mas é inútil esperar: duro com duro não faz bom muro."

Pela sua parte Gomes desceu a escada dizendo consigo:

"O que acho singular é que estando pobre viesse dizer-mo assim tão antecipadamente quando eu estava caído. Mas esperarás debalde: duas metades de cavalo não fazem um cavalo."

Vasconcelos desceu.

A sua intenção era comunicar a Augusta o resultado da conversa com o pretendente. Uma coisa, porém, o embaraçava: era a insistência de Augusta em não consentir no casamento de Adelaide, sem dar nenhuma razão da recusa.

Ia pensando nisto, quando, ao atravessar a sala de espera, ouviu vozes na sala de visitas.

Era Augusta que conversava com Carlota.

Ia entrar quando estas palavras lhe chegaram ao ouvido:

– Mas Adelaide é muito criança.

Era a voz de Augusta.

– Criança! – disse Carlota.

– Sim; não está em idade de casar.

– Mas eu no teu caso não punha embargos ao casamento, ainda que fosse daqui a alguns meses, porque o Gomes não me parece mau rapaz...

– Não é; mas enfim eu não quero que Adelaide se case.

Vasconcelos colou o ouvido à fechadura, e temia perder uma só palavra do diálogo.

– O que eu não compreendo – disse Carlota – é a tua insistência. Mais tarde ou mais cedo Adelaide há de vir a casar-se.

— Oh!, o mais tarde possível — disse Augusta.

Houve um silêncio.

Vasconcelos estava impaciente.

— Ah! — continuou Augusta —, se soubesses o terror que me dá a ideia do casamento de Adelaide...

— Por que, meu Deus?

— Por que, Carlota? Tu pensas em tudo, menos numa coisa. Eu tenho medo por causa dos filhos dela que serão meus netos! A ideia de ser avó é horrível, Carlota.

Vasconcelos respirou, e abriu a porta.

— Ah! — disse Augusta.

Vasconcelos cumprimentou Carlota, e apenas esta saiu, voltou-se para a mulher, e disse:

— Ouvi a tua conversa com aquela mulher...

— Não era segredo; mas... que ouviste?

Vasconcelos respondeu sorrindo:

— Ouvi a causa dos teus terrores. Não cuidei nunca que o amor da própria beleza pudesse levar a tamanho egoísmo. O casamento com o Gomes não se realiza; mas se Adelaide amar alguém, não sei como lhe recusaremos o nosso consentimento...

— Até lá... esperemos — respondeu Augusta.

A conversa parou nisto; porque aqueles dois consortes distanciavam-se muito; um tinha a cabeça nos prazeres ruidosos da mocidade, ao passo que a outra meditava exclusivamente em si.

No dia seguinte Gomes recebeu uma carta de Vasconcelos concebida nestes termos:

Meu Gomes.

Ocorre uma circunstância inesperada; é que Adelaide não quer casar. Gastei a minha lógica, mas não alcancei convencê-la.

Teu Vasconcelos.

Gomes dobrou a carta e acendeu com ela um charuto, e começou a fumar fazendo esta reflexão profunda:

"Onde acharei eu uma herdeira que me queira por marido?"

Se alguém souber avise-o em tempo.

Depois do que acabamos de contar, Vasconcelos e Gomes encontram-se às vezes na rua ou no Alcazar; conversam, fumam, dão o braço um ao outro, exatamente como dois amigos, que nunca foram, ou como dois velhacos que são.

Publicado originalmente no
Jornal das Famílias (1868)

To be or

not to be

I

André Soares contava vinte e sete anos, não era magro nem gordo, alto nem baixo; na alma, como no corpo, conservava uma escassa e honrada mediania. Era um desses homens que não aumentam a humanidade quando nascem nem a diminuem quando morrem.

Poupando ao leitor a narração dos acontecimentos principais da vida de André Soares, limito-me a dizer que no dia 18 de março de 1871 – justamente no dia em que rebentava em Paris a revolução da Comuna – achava-se o nosso herói no Rio de Janeiro na situação que passo a descrever.

Gozava de um emprego que lhe dava cento e vinte mil-réis por mês e estava nele havia já cinco anos, tendo o natural desejo de subir a outro que lhe desse pelo menos duzentos mil-réis. Não recusaria se lhe oferecessem trezentos; com quatrocentos, é de crer que não se zangasse, e atrevo-me a dizer que chamaria todas as bênçãos do céu sobre quem lhe desse quinhentos.

A verdade, porém, é que apenas tinha cento e vinte, e que apesar de não ter família e morar numa hospedaria barata, clamava André Soares contra o destino ou pedia a todos os santos do céu que lhe aumentassem o ordenado.

Dois meses antes do dia em que esta narração começa, metera André Soares alguns empenhos para obter um lugar que lhe dava justamente duzentos mil-réis, e de onde poderia subir mais facilmente a maiores alturas.

André Soares tinha o sestro de acreditar que os seus sonhos eram realidades, bem como o de ver catástrofes onde muita vez há apenas ligeiros infortúnios e às vezes nem isso.

Apenas metera empenho para o emprego entrou a fazer mil castelos no ar e a fantasiar coisas espantosas. Não lhe chegava decerto o dinheiro, os míseros duzentos mil-réis, numa cidade em que tudo (diz o príncipe Aléxis numa carta que acabo de ler) é mais caro do que nos Estados Unidos e na Havana. Mas, a um sonhador como André Soares, nada é obstáculo. Ele sonhava com passeios de carro, teatros, bons charutos, luvas de pelica, além das despesas usuais, e para tanto não é de crer que dessem os duzentos mil-réis. Sonhava, e bastava o sonho para o fazer feliz.

Já daqui pode o leitor avaliar o pasmo e a dor de André Soares quando recebeu uma carta do personagem que lhe servira de empenho, carta de que basta citar este último trecho:

> ... assim, pois, meu caro sr. André Soares, sinto não ter podido servi-lo como desejava e devia. Tenha paciência, e mais tarde...

Nem André Soares nem nenhuma outra pessoa leu nunca o resto da carta porque, ao chegar à última palavra acima transcrita, o pretendente rasgou a epístola em mil pedaços, bateu com as mãos fechadas na testa, rasgou a camisa e atirou-se desesperado a uma cadeira.

Não se sabe com certeza que tempo gastou André Soares na posição em que o deixei no período anterior; o que se sabe é que, depois de estar calado e pasmado, monologou do seguinte modo:

— Haverá no mundo maior desgraça do que a minha? Há empregos graúdos para tanta gente, só não há para um mísero que tem lutado com a sorte durante longos anos? Posso eu viver mais sobre a terra? Há esperanças de me levantar desta abjeção? — Não, não há, continuou ele. Estou decidido; acabemos de uma vez com esta vida de tribulações; não quero arrastar tamanha miséria até aos 80 anos.

E dizendo isto, o nosso André Soares vestiu camisa nova, meteu-se num paletó, pôs o chapéu na cabeça e meditou no gênero de morte que devia escolher.

Escolheu afogar-se.

Tinha um cartão de barca na algibeira; dirigiu-se para a ponte das barcas de Niterói. Mais de um olhou para ele; ninguém podia ter ideia de que ali estava um homem em véspera de morrer.

Aproximou-se a barca, entraram os passageiros, e com eles André Soares, que foi sentar-se primeiro num dos bancos interiores, à espera que a barca chegasse ao meio da baía; então procuraria a popa ou a proa e atirar-se-ia ao mar.

A barca seguiu caminho; os passageiros conhecidos conversavam, os desconhecidos aborreciam-se, e neste número incluo André Soares (compreende-se) e uma moça que lhe ficava a dois palmos de distância no mesmo banco.

Não se podia ver se era bonita, porque trazia um espesso véu sobre o rosto; mas o que se podia sentir era um olhar literalmente de fogo. Mais de um passageiro voltava de quando em quando o rosto para a moça de véu, que aliás olhava para o chão, para o mar, para o teto e nunca para ninguém.

Trajava essa desconhecida um vestido de seda escura que lhe ficava muito elegante no corpo. Tinha luvas de pelica de cor igual à do vestido, e da mesma cor calçava uma botina, aliás duas, que lhe ficavam a matar.

Esta última descoberta não a fez nenhum passageiro, mas André Soares que, estando com os olhos pregados no chão a rememorar os seus infortúnios, deu com os olhos num dos pés da velada desconhecida.

Estremeceu.

André Soares resistia a tudo neste mundo, a uns olhos brilhantes, a um rosto adorável, a uma cintura de anel; não resistia a um pé elegante. Dizem até as crônicas que entre alguns versos que outrora compusera como quase todos os rapazes, o que não quer dizer que fosse poeta, figurava esta quadrinha conceituosa e denunciadora dos seus instintos filópedes (relevem-me o neologismo):

> Se queres dar-me esperança,
> Se queres que eu tenha fé,
> Mostra-me, por caridade,
> O teu pequenino pé.

Com a desconhecida da barca niteroiense não era preciso recitar esta quadra suplicante; ela estendia o pé com ares de quem queria que André Soares lho visse, e falo assim porque no fim de dez minutos deixou a moça de olhar para o teto, para o mar, para o chão, e entrou a olhar unicamente para ele.

André Soares estava na antessala da morte; nem por isso deixou de sustentar o olhar da moça, dividindo a sua atenção entre o seu rosto e o seu pé. Refletia ele que ir para a sepultura com uma doce recordação da vida não era absolutamente prejudicial à alma. Aqueles minutos em que ainda respirava, aproveitava-os ele na contemplação da moça, e tanto os aproveitou que quando deu acordo de si chegara a barca a S. Domingos.

André Soares fez um gesto de despeito; mas não teve tempo de resolver alguma coisa, porque a moça levantou-se para sair lançando-lhe um último olhar, e ele maquinalmente deixou-se ir atrás dela e saiu da barca.

Estava adiado o suicídio, pelo menos por algumas horas, porque o nosso André Soares quando reparou que ainda se não tinha matado, murmurou estas palavras consigo:

– Na volta.

E foi seguindo atrás da bela desconhecida. Bela é talvez pouco; André Soares achou-a fascinadora, quando na ponte uma rajada de vento levantou um pouco o véu da moça.

Ao mesmo tempo, tendo deixado ir a moça adiante, André Soares pôde apreciar os pezinhos e a graça com que ela os movia – nem tão apressada como as francesas, nem tão lenta como as nossas patrícias, mas um meio-termo que permitia ser acompanhada sem desconfiança dos estranhos.

No fim de duzentos passos, André Soares estava namorado quase de todo, sobretudo porque a desconhecida duas ou três vezes voltara o rosto e passara ao infeliz um novo cabo de reboque. Cabo de reboque é uma metáfora que o leitor compreenderá bem e a leitora ainda melhor. Em duas palavras, quando a desconhecida entrou em uma casa, André Soares estava definitivamente resolvido a tentar a aventura, e a adiar, para tempos melhores, o suicídio.

II

Logo nesse dia, voltou o nosso herói para casa tão contente como se houvera tirado a sorte grande. O mar contava um hóspede menos; mas a fortuna coroara mais um de seus escolhidos.

André estava fora de si; amava, não era mal recebido o seu amor, cujo objeto, de mais a mais, era um anjo, um nume, uma criatura mais do céu que da terra, como ele mesmo diria em verso, se ainda cultivasse a poesia.

Os mesmos gestos complacentes que a moça fizera antes de entrar na casa em S. Domingos, fizera-os depois de sair, e na barca e na cidade, até chegar à rua dos Inválidos, onde morava.

Nunca mais terrível devia ser ao nosso André Soares a ideia dos cento e vinte mil-réis mensais, nem mais saudosa a ideia dos duzentos. A verdade, porém, é que não pensou em nada disso; estava mordido deveras. A moça, depois de entrar em casa, não chegou à janela como ele esperava; mas em todo o caso dera-lhe todos os sinais de que não era indiferente a seus afetos, e esta certeza fez do desgraçado daquela manhã o mais venturoso de todos os mortais.

Há de parecer singular a mais de uma leitora que, não lhe tendo dito a desconhecida onde morava, André Soares adivinhasse que era justamente na casa da rua dos Inválidos onde a vira entrar.

Mas a explicação é facílima.

André Soares pertencia à classe ingênua dos namorados que fazem indagações no armarinho da esquina ou na padaria ao pé. Depois de esperar um razoável tempo a ver se a bela dama aparecia à janela, André dirigiu os passos a uma padaria que ficava perto, e fez as interrogações precisas a um caixeiro que ali encontrou. Veio a saber que a moça era viúva, que se chamava Cláudia, que vivia com um irmão empregado em Niterói, onde tinha alguns parentes.

André Soares arriscou algumas perguntas a respeito da interessante viúva e soube que era exemplar, notícia que o informador lhe deu com muitos comentários a respeito das vantagens da virtude e o apêndice de alguns casos de pessoas que ele conhecera e que desonraram as barbas dos seus avós.

Além destas notícias soube ainda André Soares que a moça possuía cerca de vinte apólices e uma preta velha, que eram toda a riqueza do defunto marido.

– É um bom princípio para quem casar com ela – acrescentou o caixeiro com ar malicioso.

– Decerto – disse André Soares brincando com a corrente do relógio e fitando um olhar perscrutador no caixeiro, que brincava com a tampa de uma barrica vazia.

– Não é muito, mas é um bom princípio – repetiu este.

– E há já algum farejador? – arriscou o namorado.

– Nenhum.

– Admira!

– Há muita gente que passa e olha, mas ela não se importa com ninguém.

André Soares estava mais contente do que se lhe viessem trazer o decreto da nomeação malograda. Tinha a moça todas as condições que ele podia exigir naquelas circunstâncias. Sobretudo achava-se ele livre de concorrentes. Se fosse três meses antes...

– Três meses antes – disse o informante – andou aqui um moço que não era mal aceito; mas desapareceu.

André Soares saiu dali contentíssimo.

– Foi um anjo que o céu me enviou – pensava ele – para me salvar da morte e ao mesmo tempo trazer-me a felicidade.

E digam lá que não há Providência ou sorte, ou o que quer que seja que vela pelos homens! A pequena é uma formosura, e o pé é o mais gentil que até hoje tenho visto. Que pé! Não é um pé, é um milagre. E os olhos? E o andar?

Fez o namorado assim o inventário das belezas da formosa Cláudia, foi jantar alegremente e logo de tarde deu o seu passeio pela rua dos Inválidos, tão embebido em olhar para a janela onde estava a moça que não reparou no caixeiro da padaria que se arrimara à porta para assistir ao romance.

III

Era claro que a viúva Cláudia gostava do rapaz; trocou com ele um longo e expressivo olhar e dignou-se responder com um sorriso ao sorriso que André Soares lhe enviou.

Quando ele de todo desapareceu, Cláudia entrou e foi tocar piano. Não escolheu um trecho alegre adequado à situação; preferiu uma melodia triste que parecia dizer com a sua alma, ou ao menos que ela queria que se parecesse com ela. O certo é que, voltando daí a pouco André Soares e ouvindo-a tocar coisas tão melancólicas, sentiu acordar-lhe dentro d'alma um som poético da sua adolescência, e logo nesta noite expectorou uma elegia tão triste que não trazia um verso certo.

A primeira carta não se fez demorar, e a resposta foi imediatamente às mãos do namorado. Não era carta apaixonada a da moça, mas André Soares compreendeu que ela usara de certa reserva que lhe parecia necessária. Replicou o pretendente, treplicou a dama, e os autos de coração foram-se avolumando progressivamente, até que André Soares entendeu que era conveniente frequentar a casa e aproveitou uma apresentação que lhe ofereceram.

A primeira vez que se falaram os dois foi visível para o sr. Justino Magalhães, irmão de Cláudia, que eles se amavam.

Justino Magalhães tinha um programa na vida: agradar aos pretendentes da irmã, a fim de poder continuar a viver economicamente, isto é, a ter casa e mesa sem despender um real. Fiel a estas ideias, tratou de captar a boa vontade de André Soares, que por sua parte se atirou de corpo e alma aos braços do futuro cunhado.

Cláudia era ainda mais bela de perto que de longe; o namorado verificou logo essa diferença quando começou a frequentar a casa. A moça era sobretudo de uma meiguice incomparável. André Soares ficava encantado quando falavam algum tempo a sós, e ela podia expandir-se com ele.

— Mas por que motivo me distinguiu logo naquele dia na barca? — perguntara André uma noite à moça.

— Ora, por quê? Porque o céu nos destinou um para o outro.

— E se soubesse!...

— O quê?

— Não lhe digo.

— Receia?...

— Nada; tenho vergonha. Naquele fatal dia...

— Fatal... — repetiu a moça com um ar de doce ressentimento.

— Perdão; fatal por outro motivo, que eu só mais tarde lhe explicarei... Sim, há anjos que velam por nós.

— Há! — suspirou a moça.

A conversa foi interrompida por Justino, que se aproximou para dizer que no dia seguinte havia um bonito espetáculo no teatro S. Luís.

André Soares recebera justamente nesse dia o ordenado; era ocasião de fazer um convite.

— Tenho justamente camarote para amanhã — disse ele —, se quiserem dar-me a honra de aceitar...

— Mas... — ia ela dizendo.

— Com muito gosto — atalhou Justino.

O camarote foi aceito.

Mas a curiosidade da moça trabalhava. Que mistério seria esse de que lhe falara André Soares? Insistiu com ele dali a algum tempo, e no dia seguinte, e alguns dias depois, até que o namorado francamente confessou que um motivo grave o levara a cometer um crime.

— Um crime?

— A minha própria morte.

A moça ficou séria.

— Alguma paixão — disse ela com tristeza.

— Oh! não!

— Não compreendo...

— Que quer? — disse ele. — Nem só de pão vive o homem; achava-me numa situação pecuniária desagradável e... mas para que falarmos de coisas mesquinhas?...

André Soares calou-se e entrou a refletir; pareceu-lhe que fora expansivo demais e que acabava de dar à namorada a ideia de pinga. Igualmente lhe pareceu que um pinga só é poético nos livros, mas que na vida real toda a gente o despreza. E refletiu, enfim, que, apresentando-se candidato à mão da viúva, cumpria-lhe mostrar que não ia só atrás das suas apólices...

O resultado de todas estas reflexões produziu esta observação:

— Felizmente, lá vai esse tempo: foi uma crise que passou. Agora...

— Não desejo saber isso – disse a moça –, por que não falaremos só do nosso coração?

— É apenas um parênteses necessário – disse André Soares –, é-me preciso explicar-lhe a razão por que até hoje não pedi oficialmente a sua mão.

A moça fez um gesto.

André continuou:

— Não lhe pedi a sua mão porque espero obter um novo lugar que me coloque em situação melhor do que atualmente me acho. Não é ela má!; lembro-lhe, porém, que sou solteiro; casado, seria insuficiente. Peço-lhe desculpa de entrar nestes pormenores; é uma senhora de juízo; e há de aceitá-los como cabidos e necessários.

— Nem cabidos nem necessários – disse a moça –; eu pouco tenho, mas tenho alguma coisa...

— Perdão...

— Ouça...

— Desejo observar...

— Ouça. O seu pouco com o meu pouco farão o necessário para a nossa existência. Duas criaturas que se amam são naturalmente econômicas das coisas da vida.

André Soares teve ímpeto de cair aos pés da moça e ir dali com ela para a igreja.

Conteve-se do primeiro movimento.

O segundo era impossível.

— O que me acaba de dizer é a expressão elevada e nobre de seu coração – disse ele. – Eu, porém, não tenho o direito de falar a mesma linguagem; a sociedade exige mais de mim. Peço-lhe só alguns dias de espera.

André Soares pedira efetivamente um novo emprego, e desta vez, se não havia mais probabilidade que da outra, havia mais esperanças no fácil espírito do pretendente.

Justino soube, pela irmã, das razões dadas por André Soares, e achou que eram de cavalheiro.

– É um rapaz muito simpático – disse Justino –; é um homem como há poucos.

Esta opinião de Justino não devia produzir impressão no ânimo de Cláudia, porque ele não tinha outra a respeito de todos os pretendentes da irmã.

Todavia entusiasmou-a.

E a razão é clara.

Cláudia gostava realmente do rapaz; e o seu coração não se lembrava ou não reparava na opinião uniforme de Justino a respeito de outras pessoas que a pretendessem mas a quem ela nunca dera atenção.

Justino, porém, insistiu na opinião que formara de André Soares, e tão cavalheiro o achou que não teve dúvida de lhe pedir vinte mil-réis no dia seguinte.

Não era a primeira vez que Justino recorria à bolsa de André Soares, e porque isso, e outras necessidades que agora lhe acresciam, aumentavam as despesas de André Soares, ia este sendo obrigado a recorrer à bolsa de outros, e a criar assim uma dívida externa assaz vasta.

E tão triste é esta situação que eu não tenho ânimo de continuar o capítulo. Veremos no capítulo seguinte o que aconteceu ao nosso herói.

IV

São passados cinco meses depois da conversa em que André Soares expôs à sua amada qual era a situação de sua vida e quais os seus projetos.

Os dias foram passando sem vir o emprego; André Soares passava já uma vida assaz triste e lastimosa. A moça por sua parte, conquanto desejasse repetir-lhe o que uma vez lhe dissera, não se atrevia a fazê-lo a fim de conservar a reserva que a sua posição lhe impunha.

Redobrava entretanto de carinhos e afeto com o mísero namorado, o que de algum modo lhe suavizava as penas do coração.

– Que anjo! – dizia ele todas as noites ao retirar-se para casa. – Que anjo!

Se o emprego não vinha, em compensação chegavam as dívidas, e o passivo de André Soares ia tomando um aspecto assustador.

Ao mesmo tempo o amor do pobre rapaz, se era possível, crescia mais, o que estava longe de ser um lenitivo naquela situação. A ideia de não poder casar com a bela viúva, ou de casar nas condições em que ele se achava, atormentava o espírito do pobre moço.

Imagine-se o que sofreria o coração do pobre rapaz e calcule-se em que circunstâncias, e com que cara ouviu ele um dia, ao passar pela padaria de que falei no segundo capítulo, as seguintes palavras do caixeiro a um vizinho:

– Este é uma das duas amarras da viuvinha.

André ficou sem pinga de sangue. Naturalmente ia voltar o rosto, mas a tempo deteve o movimento e continuou a andar até entrar na casa da viúva Cláudia.

Parou, entretanto, no corredor antes de subir as escadas.

E refletiu:

— Que será aquilo? Iludir-me-á esta mulher? Serei eu a fábula da rua? Terei eu um rival mais venturoso?

Estas e outras interrogações fê-las o nosso herói com o desespero na alma e no rosto.

Sentiu depois uma dor aguda no peito e teve uma vertigem.

O desgraçado padecia deveras, amava deveras.

Enfim subiu.

Cláudia recebeu-o com o modo do costume, o qual modo havia já vinte dias que não era o mesmo modo anterior. O mísero namorado, entretanto, não dera por isso até então.

Naquele dia, porém, como já tinha a pulga atrás da orelha, notou uma grande diferença, irritou-se com ela, disse algumas palavras secas à moça e saiu. Calcula-se facilmente qual seria a noite do pobre rapaz. No dia seguinte enviou uma lacrimosa epístola à sua dama, dizendo-lhe:

> Cláudia:
> Uma terrível revelação me foi feita ontem. Ainda assim quero crer em ti. Preciso, porém, que me jures se realmente me amas ou se eu já não mereço da tua parte o afeto com que me honraste outrora.

Dois dias esperou a resposta desta carta. No terceiro apareceu-lhe em casa Justino. Vinha alegre. Trocaram algumas palavras banais, e enfim:

— Sei que você escreveu um carta a minha mana, disse o irmão da viúva.

— É verdade.

— Cláudia riu-se quando a leu.

— Riu-se?

— É verdade: riu-se. E não devia fazer outra coisa... Dá cá um charuto... Não devia fazer outra coisa, porque no ponto em que se acham as coisas entre ambos, exigir agora uma explicação daquela ordem... é singular.

Justino concluía estas palavras e recebia das mãos de André Soares o charuto que pedira.

André Soares não cabia em si de contente.

— Então, ela?

— Você é um visionário, um crédulo, um rapazola sem juízo. Pois então uma senhora em vésperas de casar com você... Que bom charuto!

— Leve mais estes.

— Obrigado. Como ia dizendo uma senhora em vésperas de casar por livre vontade, há de lá... Você é um doido!...

André Soares concordou facilmente com tudo o que lhe dizia Justino, e prometeu que nessa mesma noite iria à casa deles. Recusou, entretanto, dizer de onde lhe viera a revelação a que aludira na carta.

Justino conversou largo tempo com o futuro cunhado, de quem se despediu para ir embora.

— Já!

— Já! Vou pagar uma dívida. Vejamos se me chega o dinheiro.

E meteu a mão no bolso do paletó com a confiança de um homem que traz a carteira. Errada confiança, porque a carteira ficara em casa.

— Não seja essa dúvida — disse André Soares —, eu empresto-lhe o que for preciso, se não orçar por muito!

— Trinta e cinco mil e quinhentos — disse Justino.

— Tome lá — acudiu André Soares entregando-lhe trinta e dois mil-réis. — Não tenho mais.

— Não faz mal. Para tapar a boca ao credor, cuido que é bastante.

Justino saiu alegremente depois de muitas amabilidades ao futuro cunhado que não menos alegre ficou.

A cena que precede deve ter explicação.

Cláudia não mostrou a carta de André Soares ao irmão. Viu-a este sobre uma mesa, perguntou à viúva o que era, e esta disse então um tanto zangada que eram ciúmes do noivo.

— Posso ler?

— Lê.

Leu a carta Justino e ofereceu-se para ir entender-se com André Soares, coisa que a viúva nem aprovou nem reprovou; limitou-se a encolher os ombros.

André não era homem que descobrisse na missão de Justino a necessidade de trinta e cinco mil-réis, e a dívida, que podia existir, mas que, em todo caso, não ia ser paga, pareceu-lhe tão autêntica, que iria pedir emprestado se não tivesse dinheiro, para favorecer o amigo.

Ao chegar à casa da noiva ia André Soares todo trêmulo de comoção. A moça, entretanto, pareceu-lhe ainda mais fria que da última vez.

— Mas então não perdoa? — perguntou ele.

Atribuiu isso ao ressentimento que lhe deixara a carta.

— O quê?

— A carta.

Cláudia levantou os ombros.

— Foi uma imprudência, confesso — disse ele —; mas que quer? Eu amo-a.

Nada.

— Aproveito a ocasião para lhe dizer que daqui a um mês será o nosso casamento — disse André Soares —, se acaso a ele se não opõe.

Cláudia ficou um pouco surpreendida com a notícia, continuou entretanto a ficar calada.

André Soares saiu vendendo azeite às canadas.

— Há alguma coisa, por força — pensava ele —, mas eu hei de descobrir tudo!

V

André Soares começou então uma vida de pesquisas e de cuidados, cuidados e pesquisas tais que o obrigaram a ir faltando à repartição, faltando-lhe igualmente a paz e o sono. Fazia ronda de tarde e de noite, passava horas e horas em casa da noiva sem todavia alcançar nada.

Uma vez apenas reparou que, ouvindo bater cinco horas, a moça interrompera a conversa para ir à janela. Ficou aflito na cadeira em que se achava, receoso e desejoso de ir também àquela. Afinal foi, mas não viu nada, porque a moça saiu logo.

Nesta atribulada vida andava André Soares, quando, num domingo, entrando em casa de Cláudia, deu com os olhos num sujeito da sua mesma idade, alto, bonito, vestido regularmente e muito respeitoso para com a interessante viúva.

Justino apresentou os dois estranhos um ao outro, donde veio André Soares a saber que o outro chamava-se Horácio.

Eu creio que a leitora é perspicaz e que já está a desconfiar de que este Horácio é o mesmo moço que o caixeiro da padaria dissera a André Soares ter andado há algum tempo a namorar a viúva, e não ser mal aceito dela.

Não o soube logo André Soares; mas a simples presença de um estranho, as maneiras com que tratava a moça, e a benevolência e gosto com que esta o ouvia e lhe respondia, tudo isso era razão para que o pobre namorado recebesse logo um imenso golpe.

As torturas por que passou nessa tarde foram indescritíveis.

No dia seguinte ainda foi pior. Oito dias depois tinha André Soares toda a certeza de que a bela passara com armas e bagagens ao campo inimigo.

Algumas coisas fortes lhe disse, a que ela respondeu com o silêncio; foi para casa e escreveu uma longa, indignada, lacrimejada e fulminante carta, a que a moça não respondeu.

Seu desespero já não tinha limites.

— Por que fatal acaso encontrei eu aquela mulher? – perguntava ele a passar sozinho na sua sala. – Parecia então que nada pior me podia acontecer. Erro! Havia pior; essa víbora que zombou de mim.

E logo:

— Mas eu hei de tirar vingança! Não se dirá que fui ludibriado por ambos ou antes por todos três, porque o Justino também contribuiu para iludir-me. Venha ainda alguma vez pedir-me alguma coisa...

Aqui claudicava a perspicácia do namorado.

Justino nada mais lhe pedira desde o dia dos trinta e dois mil-réis.

Era então a carteira de Horácio que se incumbira de corrigir as lacunas que às vezes havia na sua. Justino o mais que fazia era pedir uma ou outra vez algum charuto ao André Soares.

Nada mais.

André Soares entendeu que lhe cumpria pedir satisfações a Horácio. Refletiu depois e preferiu ocultar o que entre ele e ela havia; não dispensou, porém, brigar com o rival.

Para isto bastava um pretexto.

Mas que pretexto seria?

— Ora, adeus! — pensou ele consigo. — A ocasião me dará o pretexto.

Logo no dia seguinte entrando numa casa de charutos, encontrou Horácio, a quem ligeiramente cumprimentou.

Horácio pareceu não fazer caso dele.

André Soares foi às nuvens.

Depois de um silêncio:

—Vai hoje à rua dos Inválidos?

— Sim, senhor — respondeu secamente Horácio.

— Há muito tempo já que conhece aquela família?

Horácio olhou para ele sem dignar-se responder.

— Não me ouviu — creio eu.

— Estou a recordar-me do tempo — disse Horácio depois de alguns instantes. — Creio que conheço aquela família desde o tempo em que a casa não era frequentada por tolos.

André Soares ficou vermelho como um lacre; todavia era preciso responder.

— Então não há muito tempo — disse ele —; creio que entraram juntos lá os tolos e o senhor.

Horácio foi sacudido com esta resposta. As palavras trocadas em voz alta chamaram a atenção do dono da casa. A tragédia estava iminente.

Horácio tinha dois caminhos.

O primeiro era ir-se embora.

O segundo era ir-lhe às orelhas.

Preferiu o segundo.

Encaminhou-se para André Soares; alçou delicadamente as mãos às orelhas dele; agarrou-lhas, sacudiu-lhe a cabeça e, antes que o infeliz tivesse tempo de se defender, saiu pela porta fora.

André Soares ainda saiu à rua, mas fosse medo, vergonha, ou qualquer outra causa, não se atreveu a ir brigar com ele em público; limitou-se a tomar os nomes do dono da casa e do caixeiro para o caso de dar queixa contra o agressor, e saiu dali para casa.

Em caminho, porém, teve ideia de ir à casa da viúva.

"É claro que eles se amam", pensou ele; "mas eu preciso antes de abater as armas mostrar o que sou e o que valho. Hei de dizer a essa pérfida aquilo que ela não pensa ouvir."

Estava André Soares em plena regateirice; nem eu o dou por frequentador de salões aristocráticos. Demais, o amor faz perder o juízo.

André Soares caminhou direito à casa da viuvinha.

Bateu palmas.

Nada.

Repetiu as palmas.

A mesma coisa.

"Que será? Estará fora?", pensou ele.

Enfim vieram ver quem era. André Soares disse que desejava falar à dona da casa.

— Está incomodada.

— Mas... diga-lhe que sou eu.

— Não recebe ninguém.

André Soares saiu dali ainda mais furioso. Mil ideias negras lhe transtornavam o espírito; só via diante de si mortes, sangue, cadafalso.

Ao chegar a casa achou duas cartas.

Uma era de Cláudia.

Dizia assim:

"Nunca chegamos a nenhum acordo acerca de casamento; mas, sabendo que nutre ideias a esse respeito, declaro-lhe que desista delas."

— Despedido! — exclamava o mísero André Soares. — Despedido como um lacaio!... Insultado por ele e por ela. Oh! minha sina! Oh! minha triste sina!

Assim falando, o infeliz namorado torcia-se todo, puxava os cabelos, rangia os dentes, e chorava de dor, de desespero e de ódio.

No meio dessa crise, lembrou-lhe o criado que ainda havia outra carta.

Abriu-a.

Era do chefe da repartição.

Participava-lhe que, não comparecendo ele com a assiduidade de costume, antes fugindo absolutamente do trabalho, resolvera o ministro demiti-lo.

André Soares caiu sem sentidos no chão.

Um mês depois, estando a almoçar pacificamente no Carceller, graças ao crédito que obtivera de um amigo e antigo companheiro de casa, viu passar Horácio e a viúva de braço dado.

Estavam casados.

– Miseráveis! – grunhiu André Soares.

MORALIDADE

Mas onde está a moralidade do conto?, pergunta a leitora espantada com ver esta série de acontecimentos descosidos e vulgares.

A moralidade está nisso.

Tendo perdido a esperança de obter um emprego de duzentos mil-réis, quando apenas desfrutava um de cento e vinte, assentou André Soares de dar cabo da vida.

No dia, porém, em que perdeu a noiva e o emprego de cento e vinte mil-réis, com um insulto físico de quebra, não se matou, nem tentou matar-se, nem se lembrou de o fazer.

Tanto é certo que o suicídio depende mais das impressões e disposições do momento, que da gravidade do mal.

Disse.

Publicado originalmente no
Jornal das Famílias (1876)

O machete

Inácio Ramos contava apenas dez anos quando manifestou decidida vocação musical. Seu pai, músico da imperial capela, ensinou-lhe os primeiros rudimentos da sua arte, de envolta com os da gramática de que pouco sabia. Era um pobre artista cujo único mérito estava na voz de tenor e na arte com que executava a música sacra. Inácio, conseguintemente, aprendeu melhor a música do que a língua, e aos quinze anos sabia mais dos bemóis que dos verbos. Ainda assim sabia quanto bastava para ler a história da música e dos grandes mestres. A leitura seduziu-o ainda mais; atirou-se o rapaz com todas as forças da alma à arte do seu coração, e ficou dentro de pouco tempo um rabequista de primeira categoria.

A rabeca foi o primeiro instrumento escolhido por ele, como o que melhor podia corresponder às sensações de sua alma. Não o satisfazia, entretanto, e ele sonhava alguma coisa melhor. Um dia veio ao Rio de Janeiro um velho alemão, que arrebatou o público tocando violoncelo. Inácio foi ouvi-lo. Seu entusiasmo foi imenso; não somente a alma do artista comunicava com a sua como lhe dera a chave do segredo que ele procurara.

Inácio nascera para o violoncelo.

Daquele dia em diante, o violoncelo foi o sonho do artista fluminense. Aproveitando a passagem do artista germânico, Inácio recebeu dele algumas lições, que mais tarde aproveitou quando, mediante economias de longo tempo, conseguiu possuir o sonhado instrumento.

Já a esse tempo seu pai era morto. Restava-lhe sua mãe, boa e santa senhora, cuja alma parecia superior à condição em que nascera, tão elevada tinha a concepção do belo. Inácio contava vinte anos, uma figura artística, uns olhos cheios de vida e de futuro. Vivia de algumas lições que dava e de alguns meios que lhe advinham das circunstâncias, tocando ora num teatro, ora num salão, ora numa igreja. Restavam-lhe algumas horas, que ele empregava ao estudo do violoncelo.

Havia no violoncelo uma poesia austera e pura, uma feição melancólica e severa que casavam com a alma de Inácio Ramos. A rabeca, que ele ainda amava como o primeiro veículo de seus sentimentos de artista, não lhe inspirava mais o entusiasmo antigo. Passara a ser um simples meio de vida; não a tocava com a alma, mas com as mãos; não era a sua arte, mas o seu ofício. O violoncelo sim; para esse guardava Inácio as melhores das suas aspirações íntimas, os sentimentos mais puros, a imaginação, o fervor, o entusiasmo. Tocava a rabeca para os outros, o violoncelo para si, quando muito para sua velha mãe.

Moravam ambos em lugar afastado, em um dos recantos da cidade, alheios à sociedade que os cercava e que os não entendia. Nas horas de lazer, tratava Inácio do querido instrumento e fazia vibrar todas as cordas do coração, derramando as suas harmonias interiores, e fazendo chorar a boa velha de melancolia e gosto, que ambos estes sentimentos lhe inspirava a música do filho. Os serões caseiros, quando Inácio não tinha de cumprir nenhuma obrigação fora de casa, eram assim passados; sós os dois, com o instrumento e o céu de permeio.

A boa velha adoeceu e morreu. Inácio sentiu o vácuo que lhe ficava na vida. Quando o caixão, levado por meia dúzia de artistas seus colegas, saiu da casa, Inácio viu ir ali dentro todo o passado, e presente, e não sabia se também o futuro. Acreditou que o fosse. A noite do enterro foi pouca para o repouso que o corpo lhe pedia depois do profundo abalo; a seguinte porém foi a data da sua primeira composição musical. Escreveu para o violoncelo uma elegia que não seria sublime como perfeição de arte, mas que o era sem dúvida como inspiração pessoal. Compô-la para si; durante dois anos ninguém a ouviu nem sequer soube dela.

A primeira vez que ele troou aquele suspiro fúnebre foi oito dias depois de casado, um dia em que se achava a sós com a mulher, na mesma casa em que morrera sua mãe, na mesma sala em que ambos costumavam passar algumas horas da noite. Era a primeira vez que a mulher o ouvia tocar violoncelo. Ele quis que a lembrança da mãe se casasse àquela revelação que ele fazia à esposa do seu coração: vinculava de algum modo o passado ao presente.

– Toca um pouco de violoncelo – tinha-lhe dito a mulher duas vezes depois do consórcio –; tua mãe me dizia que tocavas tão bem!

– Bem, não sei – respondia Inácio –; mas tenho satisfação em tocá-lo.

– Pois sim, desejo ouvir-te!

— Por ora, não, deixa-me contemplar-te primeiro.

Ao cabo de oito dias, Inácio satisfez o desejo de Carlotinha. Era de tarde – uma tarde fria e deliciosa. O artista travou do instrumento, empunhou o arco e as cordas gemeram ao impulso da mão inspirada. Não via a mulher, nem o lugar, nem o instrumento sequer: via a imagem da mãe e embebia-se todo em um mundo de harmonias celestiais. A execução durou vinte minutos. Quando a última nota expirou nas cordas do violoncelo, o braço do artista tombou, não de fadiga, mas porque todo o corpo cedia ao abalo moral que a recordação e a obra lhe produziam.

— Oh! lindo! lindo! – exclamou Carlotinha levantando-se e indo ter com o marido.

Inácio estremeceu e olhou pasmado para a mulher. Aquela exclamação de entusiasmo destoara-lhe, em primeiro lugar porque o trecho que acabava de executar não era lindo, como ela dizia, mas severo e melancólico e depois porque, em vez de um aplauso ruidoso, ele preferia ver outro mais consentâneo com a natureza da obra – duas lágrimas que fossem – duas, mas exprimidas do coração, como as que naquele momento lhe sulcavam o rosto.

Seu primeiro movimento foi de despeito – despeito de artista, que nele dominava tudo. Pegou silencioso no instrumento e foi pô-lo a um canto. A moça viu-lhe então as lágrimas; comoveu-se e estendeu-lhe os braços.

Inácio apertou-a ao coração.

Carlotinha sentou-se então, com ele, ao pé da janela, de onde viam surdir no céu as primeiras estrelas. Era uma mocinha de dezessete anos, parecendo dezenove, mais baixa que alta, rosto amorenado, olhos negros e travessos. Aqueles olhos, expressão fiel da alma de Carlota, contrastavam com o olhar brando e velado do marido. Os movimentos da moça eram vivos e rápidos, a voz argentina, a palavra fácil e correntia, toda ela uma índole, mundana e jovial. Inácio gostava de ouvi-la e vê-la; amava-a muito, e, além disso, como que precisava às vezes daquela expressão de vida exterior para entregar-se todo às especulações do seu espírito.

Carlota era filha de um negociante de pequena escala, homem que trabalhou a vida toda como um mouro para morrer pobre, porque a pouca fazenda que deixou mal pôde chegar para satisfazer alguns empenhos. Toda a riqueza da filha era a beleza, que a tinha, ainda que sem poesia nem ideal. Inácio conhecera-a ainda em vida do pai, quando ela ia com este visitar sua velha mãe; mas só a amou deveras, depois que ela ficou órfã e quando a alma lhe pediu um afeto para suprir o que a morte lhe levara.

A moça aceitou com prazer a mão que Inácio lhe oferecia. Casaram-se a aprazimento dos parentes da moça e das pessoas que os conheciam a ambos. O vácuo fora preenchido.

Apesar do episódio acima narrado, os dias, as semanas e os meses correram tecidos de ouro para o esposo artista. Carlotinha era naturalmente faceira e amiga de brilhar; mas contentava-se com pouco, e não se mostrava exigente nem extravagante. As posses de Inácio Ramos eram poucas; ainda assim ele sabia dirigir a vida de modo que nem o necessário lhe faltava nem deixava de satisfazer algum dos desejos mais modestos da moça. A sociedade deles não era certamente dispendiosa nem vivia de ostentação; mas qualquer que seja o centro social há nele exigências a que não podem chegar todas as bolsas. Carlotinha vivera de festas e passatempos; a vida conjugal exigia dela hábitos menos frívolos, e ela soube curvar-se à lei que de coração aceitara.

Demais, que há aí que verdadeiramente resista ao amor? Os dois amavam-se; por maior que fosse o contraste entre a índole de um e outro, ligava-os e irmanava-os o afeto verdadeiro que os aproximara. O primeiro milagre do amor fora a aceitação por parte da moça do famoso violoncelo. Carlotinha não experimentava decerto as sensações que o violoncelo produzia no marido, e estava longe daquela paixão silenciosa e profunda que vinculava Inácio Ramos ao instrumento; mas acostumara-se a ouvi-lo, apreciava-o, e chegara a entendê-lo alguma vez.

A esposa concebeu. No dia em que o marido ouviu esta notícia sentiu um abalo profundo; seu amor cresceu de intensidade.

– Quando o nosso filho nascer – disse ele –, eu comporei o meu segundo canto.

– O terceiro será quando eu morrer, não? – perguntou a moça com um leve tom de despeito.

– Oh! não digas isso!

Inácio Ramos compreendeu a censura da mulher; recolheu-se durante algumas horas, e trouxe uma composição nova, a segunda que lhe saía da alma, dedicada à esposa. A música entusiasmou Carlotinha, antes por vaidade satisfeita do que porque verdadeiramente a penetrasse. Carlotinha abraçou o marido com todas as forças de que podia dispor, e um beijo foi o prêmio da inspiração. A felicidade de Inácio não podia ser maior; ele tinha tido o que ambicionava: vida de arte, paz e ventura doméstica, e enfim esperanças de paternidade.

— Se for menino — dizia ele à mulher —, aprenderá violoncelo; se for menina, aprenderá harpa. São os únicos instrumentos capazes de traduzir as impressões mais sublimes do espírito.

Nasceu um menino. Esta nova criatura deu uma feição nova ao lar doméstico. A felicidade do artista era imensa; sentiu-se com mais força para o trabalho, e ao mesmo tempo como que se lhe apurou a inspiração.

A prometida composição ao nascimento do filho foi realizada e executada, não já entre ele e a mulher, mas em presença de algumas pessoas de amizade. Inácio Ramos recusou a princípio fazê-lo; mas a mulher alcançou dele que repartisse com estranhos aquela nova produção de um talento. Inácio sabia que a sociedade não chegaria talvez a compreendê-lo como ele desejava ser compreendido; todavia cedeu. Se acertara aos seus receios não o soube ele, porque dessa vez, como das outras, não viu ninguém; viu-se e ouviu-se a si próprio, sendo cada nota um eco das harmonias santas e elevadas que a paternidade acordara nele.

A vida correria assim monotonamente bela, e não valeria a pena escrevê-la, a não ser um incidente, ocorrido naquela mesma ocasião.

A casa em que eles moravam era baixa, ainda que assaz larga e airosa. Dois transeuntes, atraídos pelos sons do violoncelo, aproximaram-se das janelas entrefechadas, e ouviram do lado de fora cerca de metade da composição. Um deles, entusiasmado com a composição e a execução, rompeu em aplausos ruidosos quando Inácio acabou, abriu violentamente as portas da janela e curvou-se para dentro gritando:

— Bravo, artista divino!

A exclamação inesperada chamou a atenção dos que estavam na sala; voltaram-se todos os olhos e viram duas figuras de homem, um tranquilo, outro alvoroçado de prazer. A porta foi aberta aos dois estranhos. O mais entusiasmado deles correu a abraçar o artista.

— Oh! alma de anjo! — exclamava ele. — Como é que um artista destes está aqui escondido dos olhos do mundo?

O outro personagem fez igualmente cumprimentos de louvor ao mestre do violoncelo; mas, como ficou dito, seus aplausos eram menos entusiásticos; e não era difícil achar a explicação da frieza na vulgaridade de expressão do rosto.

Estes dois personagens assim entrados na sala eram dois amigos que o acaso ali conduzira. Eram ambos estudantes de direito, em férias; o entusiasta, todo arte e literatura, tinha a alma cheia de música alemã e poesia romântica, e era nada menos que um exemplar daquela falange acadêmica fervorosa e moça animada de todas as paixões, sonhos, delírios e efusões da geração moderna; o companheiro era apenas um espírito medíocre, avesso a todas essas coisas, não menos que ao direito que aliás forcejava por meter na cabeça.

Aquele chamava-se Amaral, este Barbosa.

Amaral pediu a Inácio Ramos para lá voltar mais vezes. Voltou; o artista de coração gastava o tempo a ouvir o de profissão fazer falar as cordas do instrumento. Eram cinco pessoas; eles, Barbosa, Carlotinha, e a criança, o futuro violoncelista.

Um dia, menos de uma semana depois, Amaral descobriu a Inácio que o seu companheiro era músico.

— Também! – exclamou o artista.

— É verdade; mas um pouco menos sublime do que o senhor – acrescentou ele sorrindo.

— Que instrumento toca?

— Adivinhe.

— Talvez piano...

— Não.

— Flauta?

— Qual!

— É instrumento de cordas?

— É.

— Não sendo rabeca... – disse Inácio olhando como a esperar uma confirmação.

— Não é rabeca; é machete.

Inácio sorriu; e estas últimas palavras chegaram aos ouvidos de Barbosa, que confirmou a notícia do amigo.

— Deixe estar – disse este baixo a Inácio –, que eu o hei de fazer tocar um dia. É outro gênero...

— Quando queira.

Era efetivamente outro gênero, como o leitor facilmente compreenderá. Ali postos os quatro, numa noite da seguinte semana, sentou-se Barbosa no centro da sala, afinou o machete e pôs em execução toda a sua perícia. A perícia era, na verdade, grande; o instrumento é que era pequeno. O que ele tocou não era Weber nem Mozart; era uma cantiga do tempo e da rua, obra de ocasião. Barbosa tocou-a, não dizer com alma, mas com nervos. Todo ele acompanhava a gradação e variações das notas; inclinava-se sobre o instrumento, retesava o corpo, pendia a cabeça ora a um lado, ora a outro, alçava a perna, sorria, derretia os olhos ou fechava-os nos lugares que lhe pareciam patéticos. Ouvi-lo tocar era o menos; vê-lo era o mais. Quem somente o ouvisse não poderia compreendê-lo.

Foi um sucesso – um sucesso de outro gênero, mas perigoso, porque, tão depressa Barbosa ouviu os cumprimentos de Carlotinha e Inácio, começou a segunda execução, e iria à terceira, se Amaral não interviesse, dizendo:

– Agora o violoncelo.

O machete de Barbosa não ficou escondido entre as quatro paredes da sala de Inácio Ramos; dentro em pouco era conhecida a forma dele no bairro em que morava o artista, e toda a sociedade deste ansiava por ouvi-lo.

Carlotinha foi a denunciadora; ela achara infinita graça e vida naquela outra música, e não cessava de o elogiar em toda a parte. As famílias do lugar tinham ainda saudades de um célebre machete que ali tocara anos antes: o atual subdelegado, cujas funções elevadas não lhe permitiram cultivar a arte. Ouvir o machete de Barbosa era reviver uma página do passado.

– Pois eu farei com que o ouçam – dizia a moça.

Não foi difícil.

Houve dali a pouco reunião em casa de uma família da vizinhança. Barbosa acedeu ao convite que lhe foi feito e lá foi com o seu instrumento. Amaral acompanhou-o.

– Não te lastimes, meu divino artista – dizia ele a Inácio –; e ajuda-me no sucesso do machete.

Riam-se os dois, e mais do que eles se ria Barbosa, riso de triunfo e satisfação porque o sucesso não podia ser mais completo.

— Magnífico!
— Bravo!
— Soberbo!
— Bravíssimo!

O machete foi o herói da noite. Carlota repetia às pessoas que a cercavam:

— Não lhes dizia eu? é um portento.

— Realmente – dizia um crítico do lugar –, assim nem o Fagundes...

Fagundes era o subdelegado.

Pode-se dizer que Inácio e Amaral foram os únicos alheios ao entusiasmo do machete. Conversavam eles, ao pé de uma janela, dos grandes mestres e das grandes obras da arte.

— Você por que não dá um concerto? – perguntou Amaral ao artista.

— Oh! não.

— Por quê?

— Tenho medo...

— Ora, medo!

— Medo de não agradar...

— Há de agradar por força!

— Além disso, o violoncelo está tão ligado aos sucessos mais íntimos da minha vida, que eu o considero antes como a minha arte doméstica...

Amaral combatia estas objeções de Inácio Ramos; e este fazia-se cada vez mais forte nelas. A conversa foi prolongada; repetiu-se daí a dois dias, até que no fim de uma semana, Inácio deixou-se vencer.

— Você verá – dizia-lhe o estudante –, e verá como todo o público vai ficar delirante.

Assentou-se que o concerto seria dali a dois meses. Inácio tocaria uma das peças já compostas por ele, e duas de dois mestres que escolheu dentre as muitas.

Barbosa não foi dos menos entusiastas da ideia do concerto. Ele parecia tomar agora mais interesse nos sucessos do artista, ouvia com prazer, ao menos aparente, os serões de violoncelo, que eram duas vezes por semana. Carlotinha propôs que os serões fossem três; mas Inácio nada concedeu além dos dois. Aquelas noites eram passadas somente em família; e o machete acabava muita vez o que o violoncelo começava. Era uma condescendência para com a dona da casa e o artista! – o artista do machete.

Um dia Amaral olhou Inácio preocupado e triste. Não quis perguntar-lhe nada; mas como a preocupação continuasse nos dias subsequentes, não se pôde ter e interrogou-o. Inácio respondeu-lhe com evasivas.

– Não – dizia o estudante –; você tem alguma coisa que o incomoda certamente.

– Coisa nenhuma!

E depois de um instante de silêncio:

– O que tenho é que estou arrependido do violoncelo; se eu tivesse estudado o machete!

Amaral ouviu admirado estas palavras; depois sorriu e abanou a cabeça. Seu entusiasmo recebera um grande abalo. A que vinha aquele ciúme por causa do efeito diferente que os dois instrumentos tinham produzido? Que rivalidade era aquela entre a arte e o passatempo?

– Não podias ser perfeito – dizia Amaral consigo –; tinhas por força um ponto fraco; infelizmente para ti o ponto é ridículo.

Daí em diante os serões foram menos amiudados. A preocupação de Inácio Ramos continuava; Amaral sentia que o seu entusiasmo ia cada vez a menos, o entusiasmo em relação ao homem, porque bastava ouvi-lo tocar para acordarem-se-lhe as primeiras impressões.

A melancolia de Inácio era cada vez maior. Sua mulher só reparou nela quando absolutamente se lhe meteu pelos olhos.

— Que tens? — perguntou-lhe Carlotinha.

— Nada — respondia Inácio.

— Aposto que está pensando em alguma composição nova — disse Barbosa que dessas ocasiões estava presente.

— Talvez — respondeu Inácio —; penso em fazer uma coisa inteiramente nova; um concerto para violoncelo e machete.

— Por que não? — disse Barbosa com simplicidade. — Faça isso, e veremos o efeito que há de ser delicioso.

— Eu creio que sim — murmurou Inácio.

Não houve concerto no teatro, como se havia assentado; porque Inácio Ramos de todo se recusou. Acabaram-se as férias e os dois estudantes voltaram para S. Paulo.

— Virei vê-lo daqui a pouco — disse Amaral. — Virei até cá somente para ouvi-lo.

Efetivamente vieram os dois, sendo a viagem anunciada por carta de ambos.

Inácio deu a notícia à mulher, que a recebeu com alegria.

— Vêm ficar muitos dias? — disse ela.

— Parece que somente três.

— Três!

— É pouco — disse Inácio —; mas nas férias que vêm, desejo aprender o machete.

Carlotinha sorriu, mas de um sorriso acanhado, que o marido viu e guardou consigo.

Os dois estudantes foram recebidos como se fossem de casa. Inácio e Carlotinha desfaziam-se em obséquios. Na noite do mesmo dia, houve serão musical; só violoncelo, a instâncias de Amaral, que dizia:

— Não profanemos a arte!

Três dias vinham eles demorar-se, mas não se retiraram no fim deles.

—Vamos daqui a dois dias.

— O melhor é completar a semana – observou Carlotinha.

— Pode ser.

No fim de uma semana, Amaral despediu-se e voltou a S. Paulo; Barbosa não voltou; ficara doente. A doença durou somente dois dias, no fim dos quais ele foi visitar o violoncelista.

—Vai agora? – perguntou este.

— Não – disse o acadêmico –; recebi uma carta que me obriga a ficar algum tempo.

Carlotinha ouvira alegre a notícia; o rosto de Inácio não tinha nenhuma expressão.

Inácio não quis prosseguir nos serões musicais, apesar de lho pedir algumas vezes Barbosa, e não quis porque, dizia ele, não queria ficar mal com Amaral, do mesmo modo que não quereria ficar mal com Barbosa, se fosse este o ausente.

— Nada impede, porém – concluiu o artista –, que ouçamos o seu machete.

Que tempo duraram aqueles serões de machete? Não chegou tal notícia ao conhecimento do escritor destas linhas. O que ele sabe apenas é que o machete deve ser instrumento triste, porque a melancolia de Inácio tornou-se cada vez mais profunda. Seus companheiros nunca o tinham visto imensamente alegre; contudo a diferença entre o que tinha sido e era agora entrava pelos olhos dentro. A mudança manifestava-se até no trajar, que era desleixado, ao contrário do que sempre fora antes. Inácio tinha grandes silêncios, durante os quais era inútil falar-lhe, porque ele a nada respondia, ou respondia sem compreender.

– O violoncelo há de levá-lo ao hospício – dizia um vizinho compadecido e filósofo.

Nas férias seguintes, Amaral foi visitar o seu amigo Inácio, logo no dia seguinte àquele em que desembarcou. Chegou alvoroçado à casa dele; uma preta veio abri-la.

– Onde está ele? Onde está ele? – perguntou alegre e em altas vozes o estudante.

A preta desatou a chorar.

Amaral interrogou-a, mas não obtendo resposta, ou obtendo-a entrecortada de soluços, correu para o interior da casa com a familiaridade do amigo e a liberdade que lhe dava a ocasião.

Na sala do concerto, que era nos fundos, olhou ele Inácio Ramos, de pé, com o violoncelo nas mãos preparando-se para tocar. Ao pé dele brincava um menino de alguns meses.

Amaral parou sem compreender nada. Inácio não o viu entrar; empunhara o arco e tocou – tocou como nunca – uma elegia plangente, que o estudante ouviu com lágrimas nos olhos. A criança, dominada ao que parece pela música, olhava quieta para o instrumento. Durou a cena cerca de vinte minutos.

Quando a música acabou, Amaral correu a Inácio.

— Oh! meu divino artista! — exclamou ele.

Inácio apertou-o nos braços; mas logo o deixou e foi sentar-se numa cadeira com os olhos no chão. Amaral nada compreendia; sentia porém que algum abalo moral se dera nele.

— Que tens? — disse.

— Nada — respondeu Inácio.

E ergueu-se e tocou de novo o violoncelo. Não acabou porém; no meio de uma arcada, interrompeu a música, e disse a Amaral.

— É bonito, não?

— Sublime! — respondeu o outro.

— Não; machete é melhor.

E deixou o violoncelo, e correu a abraçar o filho.

— Sim, meu filho — exclamava ele —, hás de aprender machete; machete é muito melhor.

— Mas que há? — articulou o estudante.

— Oh! nada — disse Inácio —, ela foi-se embora, foi-se com o machete. Não quis o violoncelo, que é grave demais. Tem razão; machete é melhor.

A alma do marido chorava, mas os olhos estavam secos. Uma hora depois enlouqueceu.

Publicado originalmente no
Jornal das Famílias (1878)

Curiosidade

I

Carlota leu curiosa o anúncio do espetáculo. O título da peça era uma pergunta: *O que é o casamento?* A peça era de Alencar e ia à cena pela primeira vez.

— O *que é o casamento?* — repetiu a moça consigo —; título singular... Quando é a representação? É amanhã; vou pedir a papai para irmos vê-la.

Carlota ficou ainda a pensar no título da comédia, não só porque era mulher, mas também porque era noiva; leu os nomes dos personagens, e os dos atores, a hora em que começava o espetáculo, e, finalmente, entrou a ler as tábuas do teto e os fios de seda de uma das borlas da poltrona em que estava sentada. Foi nessa leitura que a veio achar a mãe.

A mãe tinha notícia de que eram as semanas anteriores ao casamento; sabia que em tais períodos contam-se todas as tábuas, todas as borlas do mundo. Fingiu que pensava em outra coisa, e quis sair, mas a filha deteve-a.

— O que é o casamento, mamãe?

D. Fausta estremeceu, levantou os ombros e não lhe respondeu nada. Como a filha insistisse, retorquiu que o casamento era uma loteria, mas que havia um meio certo de tirar prêmio grande: ser boa esposa.

— Compreendo; mas não é disso que se trata agora, trata-se de irmos ao teatro amanhã.

— Ao teatro?

Carlota mostrou-lhe o anúncio.

— Vamos? – disse ela. – Vou pedir ao papai.

D. Fausta viu o título, que também lhe pareceu curioso, abanou a cabeça, e disse à filha que era arriscado ir buscar ao teatro a explicação de coisas que só a vida real podia dar cabalmente. Em todo o caso, a resposta, se resposta havia no drama, seria à feição do entendimento do autor e cada autor poderia dar diferente solução ao mesmo problema. Vão trabalho! Carlota determinara ir ao teatro, não havia persuadi-la de outra coisa.

— Tens razão – disse D. Fausta –; é uma noite de espetáculo, e nada mais.

D. Fausta era assim organizada; exagerava a defesa da sua opinião para ceder dela ao primeiro embate. Era uma senhora afetuosa, boa, de espírito acanhado, medrosa das trovoadas e tumultos, tendo perdido um casamento rico pelo único motivo de que era preciso acompanhar o marido à Europa. D. Fausta embarcou uma única vez para a nossa clássica Praia Grande, antes de 1840, quando alguns dos nossos poetas ainda rimavam Oceano com Netuno, e quando as navegações se faziam por meio de simples cascas de nozes. Tal medo colheu da viagem que preferia ver o diabo a ver o mar, posto que o diabo fosse a coisa que mais temesse abaixo do marido, que, aliás, era um anjo.

Davam quatro horas da tarde quando a mãe cedeu ao desejo da filha que lhe retribuiu a complacência com um beijo estouvado e terno.

— Doidinha! – exclamou D. Fausta.

Desta vez foi a mãe quem afagou a filha, depois saiu. Carlota ficou novamente a pensar na peça e no título. Já então não contava as tábuas do teto nem as borlas da poltrona, cerrou as pálpebras e abriu a porta ao cenário que tinha no cérebro. Cerrando as pálpebras, tapou dois belos olhos castanhos, expressivos, talvez um pouco menores do que comportavam as dimensões do rosto. Era a única feição que destoava das outras, as restantes eram regulares e belas mormente a boca que era fina e casta. Mediana, nem magra, nem cheia, Carlota representava assim nas dimensões do corpo as proporções da beleza física e das qualidades morais. Efetivamente, não eram extraordinárias as graças dela; sua elegância, que a tinha, agradava aos olhos sem os arrastar após si. Era a mesma coisa o espírito. Não era águia nem galinha, mas um passarinho médio que trepa ao alto dos coqueiros e faz o ninho nos telhados. Tinha a virtude da curiosidade e o defeito da inconstância; e tal foi a raiz do caso que vou narrar.

Levantou-se Carlota, quando ouviu chegar o pai e foi direita a ele com intenção de lhe pedir para ir ao teatro no dia seguinte; mas recuou o pedido até à sobremesa. Nisso mostrava observação, porque o dr. Cordeiro era homem de negar dois mil-réis antes da sopa, e dar as minas de Golconda depois do café.

— Estás hoje muito risonha – disse Cordeiro quando a filha se sentou à mesa.

D. Fausta ia falar, a filha impôs-lhe silêncio.

— Percebo, temos algum mistério – concluiu filosoficamente o pai, e o jantar foi comido no meio da alegria dos três.

O dr. Cordeiro, médico de longa prática, tinha mais prática do que saber, e gozava de reputação de ser feliz nas curas; reputação que lhe dava extensa clínica. Sabia dedicar-se aos seus doentes; e apesar de político, jamais sacrificou uma hepatite a uma reunião eleitoral. A única cobiça de sua vida fora acumular um pecúlio com que pudesse amparar a velhice e dotar Carlota, o que conseguiu à força de muita economia e muito trabalho. No tempo em que este caso se passa era ele proprietário de boas casas além daquela em que morava, na praia da Gamboa, que era excelente. Tinha também apólices e escravos. Sobre tudo isto uns cinquenta anos verdes, rijos e capazes de outros cinquenta, e uma grande confiança em dobrar o cabo deste século.

— Vamos lá – disse ele comendo uma colherada de doce de coco –; qual é então o motivo do teu ar risonho?

— Quero pedir-lhe uma coisa – respondeu Carlota.

— Não era motivo para estar alegre, mas para estar ansiosa.

— Mas se eu tenho certeza de que papai não me nega o que lhe vou pedir?...

— Atrevida! trata-se então?...

— De ir ao teatro.

— Quando?

— Amanhã.

— Que teatro?

— De S. Januário.

O dr. Cordeiro deixou-se ficar com um pedaço de queijo entre os dentes a olhar espantado para a filha, que pôde afrontar quietamente o espanto do pai.

– O Teatro de S. Januário! é o fim do mundo! – exclamou o médico.

– Não chega lá; fica um pouco antes.

– E por que não iremos a outro?

– Porque é lá que se representa uma peça nova do Alencar.

– Ah!

– Vamos? está dito, vamos.

– Tu!...

O dr. Cordeiro leu o anúncio do espetáculo, e franziu o sobrolho; compreendeu então que a curiosidade da filha tinha pouco de literária, e que só a interrogação do título é o que a seduzia. Compreendeu isso, mas consentiu e recebeu um beijo em paga. Depois, com um ar que aparentava indiferença, murmurou esta frase:

– Pena é que o Conceição não possa ir conosco.

Conceição era o noivo.

– Por quê? – perguntaram a mãe e a filha.

– Está doente; deixei-o hoje com uma forte constipação.

O dr. Cordeiro proferiu isto lançando um olhar furtivo para a filha, que devia empalidecer, e efetivamente empalideceu. Verdade é que também mordeu o lábio, donde se pode inferir que a moléstia do noivo tanto a compungia como a irritava. Esteve assim calada alguns minutos.

– Nesse caso não vamos – disse D. Fausta.

– Por quê? – interrogou Carlota. – Uma constipação não é coisa de cuidado; depois, é possível que amanhã ele esteja bom.

O dr. Cordeiro abanou a cabeça.

– Não creio – disse ele –, não creio que esteja bom, deixei-o muito prostrado.

Carlota estremeceu; impedimento com o acréscimo de moléstia. Sempre era noiva; e o pai contava com essa qualidade quando se lembrou de exagerar a doença do futuro genro, que era um simples defluxo; e tanto era um simples defluxo que o Conceição, ditas aquelas palavras, entrou tranquilamente na sala.

— Desastrado! – disse consigo o dr. Cordeiro.

— Não está doente? – perguntou Carlota.

— Coisa de nada; apanhei um ar na cabeça, endefluxei-me. Por quê?

— Porque desejava que nos acompanhasse amanhã ao teatro.

— Ao teatro? Pois sim. A que teatro?

— S. Januário – disse o dr. Cordeiro com uma lentidão expressiva, como um homem que estivesse a golpear outro.

— Perfeitamente – concordou o Conceição.

"Tolo!", pensou o pai de Carlota.

Vencera a moça, e a vitória foi dura de suportar porquanto toda aquela noite e o dia seguinte gastou ela em cogitar o que seria o casamento. Chegou a sonhar com uma comédia; era diferente da que devia apresentar-se no teatro. Na comédia imaginária, o casamento aparecia-lhe como uma charada de muitas sílabas e nenhum sentido. Era essa a primeira versão, porque depois viu que era um banquete dos anjos, ao som da harmonia das esferas. Como este sonho fosse melhor, acordou mais alegre e almoçou mais tranquila.

Jantou menos tranquila: a hora aproximava-se. O pai sorria, murmurando que Deus lhe dera uma filha sem cabeça.

— Ou com cabeça de mais – disse a mãe.

— Pode ser.

Carlota ria só; estava alucinada com a ideia do que ia ver e ouvir. O dr. Cordeiro, abrindo mão do seu voltarete fazia um dos maiores sacrifícios que um pai pode fazer à curiosidade filial. Nem por ser grande a curiosidade da moça impediu que se aformoseasse com a arte e perfeição do costume. Realmente estava bela com o seu magnífico vestido de gorgorão e os seus longos brincos de brilhantes. Calçou as luvas sem impaciência, e desceu a escada sem precipitação. Para quê, se o carro devia chegar ao teatro muito antes de começar o espetáculo, tão cedo viera buscá-la por ordem da mesma moça?

— Era melhor ir comer a sobremesa ao teatro — resmungou o pai dando a mão à filha para entrar no carro.

E foi a última expressão de mau humor, não tardou que se lhe restituísse a alegria do costume. Ele próprio gostava de teatro conquanto o seu ideal dramático fosse outro que não o gênero já então em moda. Demais a filha ia contente, e ele adorava a filha, a ponto de ir da rua da Gamboa à rua de D. Manuel: ir e voltar.

Só D. Fausta estava um pouco preocupada, alguma coisa lhe fazia tremer o coração.

II

O Teatro de S. Januário é apenas uma tradição para a geração novíssima. Era situado na rua de D. Manuel: tinham ali representado bons atores, entre eles João Caetano, que era o primeiro de todos. Não se pode dizer que o teatro fosse feio; velho sim, e mal situado – circunstância esta que explicava a pouquíssima frequência que sempre teve.

No tempo em que passa a ação deste conto, há 16 anos – representava ali uma companhia regular, sob a denominação de Ateneu Dramático, a qual conseguira trazer algum público. Essa companhia dera algumas peças notáveis, tais como *Os Íntimos*, *Os Descarados*, *Dalila* e outras composições do moderno teatro francês, que é o grande fornecedor da nossa cena, e de outras, aliás adiantadas. Mas na noite de que tratamos exibia-se pela primeira vez a comédia de Alencar, citada acima, e nunca representada em nenhum outro teatro. O nome do autor, já glorificado por outras obras, era suficiente motivo para a expectação do público fluminense.

Carlota fez convergir toda a sua atenção para a cena, pouco ou nada curando da plateia e dos camarotes. Para uma moça era caso raro; melhor diremos caso virgem. Mas se ela queria saber o que era o casamento, antes de o contrair?

No fim do 3º ato disse-lhe o Conceição:

– Já sabe o que queria saber?

– Não sei tudo – respondeu ela –; posso até dizer que não sei nada. A peça não responde inteiramente à minha pergunta.

– Naturalmente.

– Por quê?

O Conceição hesitou um instante.

– Por quê? – repetiu a moça.

– Porque a sua pergunta era talvez complicada demais, e a peça não pode resolver todo o problema. Acresce que, em certos casos, quando fazemos uma pergunta, só desejamos ouvir uma certa resposta; e, se não a ouvimos, parece-nos que ou não nos responderam ou responderam-nos mal.

Carlota tinha os olhos cravados na ponta do leque, e não replicou logo.

— Não tenho razão? — perguntou o noivo.

— Talvez — disse ela.

Foi a única palavra que o Conceição logrou arrancar-lhe. Durante o resto do intervalo, Carlota limitou-se a olhar para o leque, para a divisão do camarote, para o lustre, e uma ou duas vezes para a plateia.

Numa das ocasiões em que olhou para a plateia, os olhos demoraram-se mais do que das outras vezes, e mais do que lhe convinha, dados o lugar e as circunstâncias. Fitara um ponto único, o ponto em que reluzia um *pince-nez* de ouro, cobrindo um par de olhos que pareciam negros, e efetivamente o eram. A razão por que Carlota fitara esse *pince-nez* de preferência a outros, era difícil achá-la, desde que se ignorasse uma circunstância, a saber, que ela vira, oito dias antes, o referido *pince-nez* a vagar pela praia da Gamboa. Ora, há certos *pince-nez* que se veem e se esquecem; outros, pelo contrário, veem-se e não se esquecem mais. O de que se trata pertencia a esta categoria — não pela matéria, que era simplesmente ouro — não pela forma, que era a forma mais usada e comum, mas porque estavam diante de uns olhos grandes, bonitos, expressivos; os quais olhos ornavam uma bela cabeça, a qual cabeça era o remate de um corpo esbelto, vestido com certa arte.

Conceição não reparou no destino dos olhos da noiva. Saiu antes de levantar o pano e foi ocupar a sua cadeira, que ficava justamente ao lado do *pince-nez*. O *pince-nez* estava de pé, voltado de costas para a cena, conversando com um amigo.

— Mas não dizem que ela vai casar? — perguntou este.

— Dizem.

— E então?

— Então, que tem?

— Parece que, se vai casar, podes tirar dali o sentido.

O *pince-nez* torceu o bigode.

— Talvez não — disse ele sorrindo.

— Que me dizes? Eras capaz de tirar o outro do lance?

— Quanto perde?

— Perco... coisa nenhuma — disse o amigo emendando-se. — Já tens feito muitas proezas desse gênero, e não há pequena que te resista. Contudo, é a primeira vez que tentas suplantar um noivo; e a menos que pretendas casar...

— Pretendo casar — disse o *pince-nez*.

O amigo não pôde reprimir um gesto de espanto.

— Casar! — exclamou ele daí a um instante.

— Casar.

— Tu?

— Eu. Ouve-me. Não te digo que estou cansado da vida de solteiro; não estou; mas preciso de um capital...

— E ela possui...?

— Possui um bom dote.

— Coisa que valha a pena?

— Se não valesse, por que motivo me iria eu meter nessa embrechada? Verdade é que é bonita, como os amores...

— Vai levantar o pano — interrompeu o amigo.

E os dois sentaram-se tranquilamente.

Conceição estava pálido; não sabia positivamente de quem tratavam os dois desconhecidos, mas alguma coisa lhe dizia ao coração que se tratava de Carlota. Que importava isso, se ele estava seguro da noiva? A vontade e a cobiça do petimetre não eram bastantes para mudar uma situação assentada, quase definitiva. Não obstante este raciocínio, o Conceição ouviu o último ato da peça sem lhe prestar a mínima atenção; e quando o pano caiu, no meio de aplausos, ele só teve um cuidado: foi correr ao camarote do dr. Cordeiro.

Era tempo; a família só esperava por ele.

— Que demora! — murmurou a noiva aceitando-lhe o braço.

Conceição sorriu satisfeito; a censura fez-lhe a impressão do carinho. Esperaram alguns minutos, à porta, para que se aproximasse o carro. Já ali estava o desconhecido da plateia, encostado a um portal, tranquilo, quase impassível. Conceição fitou-o com certa insistência, o que de algum modo denunciou ao outro qual a posição dele na família. Devia ser com certeza o noivo.

A demora foi curta; o carro aproximou-se da porta e a família Cordeiro entrou. O amigo do petimetre chegou-se a ele.

— Parece que há mouro na costa — disse-lhe sorrindo.

— Parece...

— Ela olhou para ti?

— Francamente, não; mas por baixo da pálpebra.

— Deveras?

— Tal qual.

— Não é bastante, Borges; um olhar vale pouco, sobretudo quando...

Borges interrompeu-o:

— Sobretudo, quando estou com fome. Vens cear?

— Não; tomarei uma xícara de chá apenas.

O Borges enfiou a capa e saiu. O amigo, que respondia ao nome de Ernesto, quis reatar a conversa duas ou três vezes; mas o Borges fugiu habilmente com o corpo, de maneira que Ernesto desistiu do assunto, e limitou-se a fazer alguma observação acerca do drama, pouco antes visto, e da arte dramática em geral: assunto em que o Borges acompanhou, como se não houvesse nenhuma Carlota no mundo.

III

— Mas que tem ela, que veio calada durante a viagem toda? — perguntava a si mesmo o Conceição, quando entrava em casa.

Tinha razão o noivo. Recostada no fundo do carro, ao lado da mãe, Carlota nada disse, desde que saiu do teatro até que se apeou. Minto; disse duas palavras únicas: e foi a primeira a afirmar que estava com sono, quando a mãe lhe perguntou o que tinha. A segunda foi quando o noivo se despediu dela.

— Até amanhã.

— Até amanhã.

Afora isto, não abriu os lábios a noiva do Conceição; e sendo longa distância do teatro à casa, e indo no mesmo carro o noivo, força é confessar que tamanha parcimônia de palavras era, pelo menos, esquisita. Foi o que o Conceição devia pensar, e foi o que não pensou.

— Foi realmente sono — disse ele respondendo a si próprio —; era tarde, e a viagem fatiga muito.

Logo de manhã, tornou ele a pensar no incidente da véspera; mas não durou mais de cinco minutos a preocupação.

— Pareço tolo! — disse ele consigo.

Conceição era um espírito reto, honesto, íntegro; podia ter uma suspeita absurda, mas não a acalentaria muito tempo. Supor que Carlota daria atenção às pretensões do outro, quando o casamento estava prestes a ser realizado, era coisa que o espírito dele não admitia; facilmente varreu a sombra da suspeita; e se o não fizesse então, fá-lo-ia nessa mesma noite, porque jamais a moça lhe pareceu tão afável, tão exclusivamente dele.

E contudo, leitora amiga, a noite que ela passou não foi a mais quieta nem a mais descuidada. Carlota dormiu tarde e mal — um pesadelo de *pince-nez* e bigodes. Acordou cedo e quis sacudir, com os lençóis da cama, aquela preocupação singular. Não pôde; a preocupação era mais forte que o desejo; dominou-a durante o dia todo.

Tal foi o motivo da afabilidade da moça, à noite, quando lá apareceu o Conceição. Era um modo de agarrar-se a alguma coisa, que a desviasse de uma complicação nova, e sabe Deus se fecunda em males. Infelizmente o espírito de Carlota tinha o mau jeito da frivolidade, sobre ter o da curiosidade. Três dias depois perseguia-a de novo a ideia do pretendente.

Um dia, de manhã, indo abrir uma gavetinha do toucador, deu com uma carta sem sobrescrito. Hesitou um instante curtíssimo, e abriu-a com ansiedade.

Dizia a carta:

> Alguém que a ama muito, e há longo tempo, acaba de saber que a senhora está prestes a casar. Não podendo, não devendo, nem querendo obstar ao casamento, resta-lhe só dizer que, por muito que seu marido a ame, por muito que a amem seus pais e seus filhos, ninguém jamais a amará como este *alguém*, que não morre, porque as paixões não matam, mas cuja vida vai ser a perpétua e profunda solidão da morte.

Carlota ficou estupefacta com o achado da carta, em semelhante lugar, onde provavelmente a pusera a mão de algum fâmulo. Quis ir dali mostrá-la à mãe; depois, refletiu que era dar publicidade ao caso, e resolveu indagar por si mesma, como se a sua pesquisa singular, entre servos, não tornasse o caso notório. Nesse mudar de resoluções, ia amarrotando o papel, cheia de uma comoção, que não era de raiva, nem de indignação.

– Que atrevimento! – dizia ela.

E esta palavra, murmurada com os lábios, não vinha do coração, vinha da cabeça.

Pouco a pouco foram os olhos voltando à carta, e de novo a leram, pesando-lhe desta vez cada palavra. A carta não tinha data nem assinatura; não tinha pontos de admiração, não tinha *chamas*, não lhe elogiava a beleza, como tantas outras, que Carlota recebera, antes de se cartear com o homem finalmente escolhido para seu noivo. Acrescia o tom do correspondente a maneira dócil e tranquila com que ele respeitava a afeição da moça, prestes a ser legalizada. O misterioso não lhe pedia nada; contentava-se em noticiar-lhe o seu amor.

— Mas quem será ele? – perguntava Carlota.

E o pensamento ia ter com o *pince-nez* e os olhos negros do Teatro de S. Januário. Seria esse? Podia ser que sim, podia ser que não. Como sabê-lo? Quem lho diria? Nesse momento, ouviu passos na sala contígua: era a mãe. Carlota escondeu vivamente a carta no seio...

Pobre Conceição!

D. Fausta não viu o gesto da filha, que, aliás, lhe falou como se nada lhe trabalhasse o cérebro. A dissimulação, porém, durou pouco. Durante o resto daquele dia e nos dias seguintes, Carlota pareceu abster-se de toda a intervenção nas coisas e palestras da família. Vivia no ar, tão absorta que não raro era preciso falarem-lhe duas e três vezes para que ela chegasse a responder alguma coisa, e ainda assim respondia mal. Não gostando muito do piano, Carlota passou a despender longas horas diante dele, a decifrar os melhores pedaços de Verdi e Rossini. Lia romances em quantidade, e quando os não lia, fabricava-os com a imaginação e a memória, porque inventava sempre alguma coisa já inventada, não falando nos bigodes do Borges, que ocupavam a melhor parte de seus sonhos.

Uma semana depois da carta, meteu-se o diabo de permeio neste negócio, que bem podia ser acabado pelos anjos. O diabo protege as rivalidades amorosas; a árvore que lhe dá mais frutos é a árvore das paixões. Mas ou fosse o diabo, ou outra qualquer pessoa menos conspícua, o certo é que Carlota e Borges encontraram-se numa reunião familiar, dada em casa de um amigo do dr. Cordeiro. Para que a trama diabólica fosse melhor urdida, o Conceição não compareceu ao sarau; não se dava com a família.

— Que tem isso? — disse o dr. Cordeiro quando dois dias antes lhe ouviu a declaração; eu o apresento lá hoje, trocam dois cartões...

— Não, não — disse o futuro genro —; não é preciso isso; eu aproveito a noite para pôr em ordem alguns papéis.

Duas quadrilhas, duas valsas, meia hora de passeio, cinco minutos de conversa a uma janela, tais foram os preliminares das relações entre o Borges e a filha do dr. Cordeiro. Carlota escolhera o seu melhor vestido, e pusera as mais belas joias — e se não havia muito gosto na *toilette*, havia certo aparato, justamente o que mais podia fascinar o novo pretendente. Quanto a este, estava no trinque; e nunca o *pince-nez* lhe brincou melhor sobre o nariz. Havia nele um arzinho atrevido e dominador, uma expressão de vaidade, que o tornavam insuportável aos homens, mas que era justamente o segredo da influência que desde logo exerceu no espírito de Carlota. Como ele lhe pedisse mais uma valsa, Carlota recusou com uma palavra indiscreta.

— Não — disse ela sorrindo —; podem reparar que é a terceira.

Borges aceitou esta recusa com igual contentamento ao que lhe daria uma simples sucessão. Talvez maior. Fitou-lhe uns olhos muito compridos e muito magoados, a que ela respondeu com outros não menos magoados e não menos compridos.

— Será ele o autor da carta? — dizia a moça, já na alcova, sem poder conciliar o sono.

E no pendor em que o coração lhe ia para o Borges, começava a lastimar-se se a carta não fosse dele, porque esta lhe parecia o natural complemento do rapaz...

No dia seguinte, Carlota ergueu-se um pouco envergonhada e irritada contra si própria. Acusava-se de ter sido indiscreta, de haver dado ao Borges esperanças que não podia realizar, lembrou-se que era noiva, e que amava... ou devia amar o marido. O Conceição almoçou lá nesse dia; era domingo. Carlota fez-se muito amável com ele, mais amável do que nunca. Verdade é que, se comparava os dois, não dava a palma ao noivo. Não havia neste nem a preocupação elegante, nem a graça das maneiras, nem sequer a regularidade das feições, acrescendo que o Conceição era uma fisionomia um tanto austera, com uns longes de apático, ao passo que o Borges tinha aquele arzinho, de que acima se falou. Não obstante, Carlota procurava esquecer o Borges, entregando-se toda ao Conceição, e fazia-o com muita sinceridade, e algum estrépito, como se quisera aturdir-se.

— Ainda hoje me não tocou um bocadinho de piano — disse o Conceição.

— Quer?

— Peço.

— Vou cumprir suas ordens — redarguiu a moça com infinita graça.

O noivo acompanhou-a e sentou-se ao pé dela. No outro lado da sala ficava o pai, lendo o *Jornal do Commercio*. A mãe estava à porta do corredor, dando ordens a um escravo. Foi nessa ocasião que soou a campainha da escada, e outro escravo veio trazer um cartão de visita ao dr. Cordeiro.

— Que entre! — disse este.

— Quem é? — perguntou a moça erguendo-se e olhando por cima do piano.

Disse isto, e subitamente empalideceu; o Borges estava à porta da sala.

IV

O Borges – ou, mais exatamente, Lulu Borges – que era esse o nome familiar do mancebo – não voltou a cabeça para o lado do piano, e foi direito ao pai de Carlota. Não quer isto dizer que não tivesse adivinhado a moça, ou porque lhe ouvira o eco amortecido da voz, ou porque possuísse o faro da ave de rapina. Carlota pôde dominar-se, e, sem dizer palavra ao noivo, retirou-se cautelosamente para dentro. O noivo atribuiu a retirada da moça a um sentimento de simples discrição, e fez a mesma coisa, indo para o gabinete contíguo. D. Fausta já se havia retirado. Os dois homens ficaram a sós.

– Como passou o resto da noite? – perguntaram um ao outro, visto que no baile da véspera tinham sido apresentados pelo dono da casa.

Feitos os cumprimentos, e trocadas as primeiras palavras, Lulu Borges disse que motivo o levava ali. Era um motivo patriótico; tratava de fundar nova sociedade destinada a festejar o dia 7 de setembro, e ia convidar o dr. Cordeiro para sócio e presidente dela. O dr. Cordeiro que tinha a paixão dos cargos, por uma tal ou qual vocação de governo que a natureza lhe dera, sorriu imperceptivelmente, mas recusou a pé firme, durante cinco minutos. Não há, porém, modéstia que possa resistir às instâncias de um homem disposto a triunfar; o pai de Carlota cedeu enfim.

– Com uma condição – disse ele –; servirei o primeiro ano, ou ainda dois...

– Três, peço-lhe eu – interrompeu Lulu.

— Pois sim, mas não mais. Não é que me falte sentimento patriótico; é porque estou velho, cansado...

—Velho!

— Depois, sou muito obscuro; acho que estes cargos devem ser confiados a pessoas ilustres...

— Não sei quem o seja mais, em todo o nosso bairro. Seus talentos, seus longos serviços, a posição científica, a verdadeira popularidade de que goza, são títulos de alta valia. Aceita, não é? Agradeço-lhe em nome dos meus amigos. Na verdade, o nosso bairro precisava de uma sociedade destas, não só para lhe dar alguma vida, como para mostrar que o sentimento nacional não se acha extinto nele.

— Perfeitamente.

Lulu Borges disse ainda muitas outras coisas galantes, que o dr. Cordeiro ouviu encantado. O rapaz era mestre na arte da cortesania; sabia tecer um louvor dando-lhe a intensidade apropriada ao caráter da pessoa. Acresce que era insinuante, metia-se facilmente no coração dos outros. Quando dali saiu deixou o pai de Carlota vibrante de entusiasmo.

A sociedade organizou-se depressa, conquanto nada existisse feito ou sequer iniciado no dia em que Lulu Borges falou ao dr. Cordeiro. Dentro de oito dias estavam apalavradas umas trinta pessoas e convocada a primeira reunião. Logo aí, o Ernesto, o rapaz que encontramos de passagem no Teatro de S. Januário, propôs que Lulu Borges, na qualidade de iniciador, fosse aclamado presidente da sociedade; mas este, que parecia não esperar ouvir outra coisa, recusou nobremente tamanha honra, propondo que ela fosse conferida ao digno e ilustrado médico, "uma das ilustrações do Brasil".

O dr. Cordeiro sorriu e aceitou. Lulu Borges foi nomeado secretário.

Confessam todos os amigos de Lulu Borges que jamais lhe atribuíram uma décima parte do patriotismo que ele revelou naquele tempo. Lulu Borges era uma das almas da sociedade, que tinha a boa fortuna de contar duas, sendo a outra o digno presidente. Parecia não ter outra preocupação que não fosse celebrar de modo brilhante o grande dia da pátria, e para isso tratava de aumentar a associação, e fazê-la conhecida. Por um verdadeiro rasgo de gênio, a nomeação do tesoureiro recaiu na pessoa do Conceição, indicada e sustentada por Lulu Borges. Houve, é certo, um grupo que recalcitrou, alegando que o Conceição era quase da família do dr. Cordeiro, e que assim dois dos primeiros cargos ficavam na mesma casa; mas venceu a indicação de Lulu Borges, não obstante a oposição do grupo e a pouca vontade do escolhido.

Os trabalhos da sociedade reuniram frequentemente o dr. Cordeiro e o secretário, em casa daquele. Lulu Borges fez-se assim familiar do médico; vieram os chás e os jantares, as palestras longas, os passeios em família. Simpático, insinuante, o secretário era também dotado de algumas prendas; tocava flauta, recitava ao piano, contava anedotas. Parece que também desenhava, porque um domingo, pouco antes do jantar, Carlota foi achá-lo no gabinete a traçar um perfil; desconfiou, ou pareceu-lhe ver que esse perfil era o dela. Lulu Borges escondera o papel e guardou tranquilamente o lápis.

– Que estava fazendo? – perguntou a moça.

– Nada.

– Nada? Vi-o esconder um papel; é um desenho, creio eu...

— Não, senhora; era uma conta.
— Deixe ver.
— Não posso.
— Por quê? Não há nada oculto ou reservado em uma conta... Dê cá; penso que era um perfil, talvez o da sua namorada...

Lulu Borges ergueu-se solenemente, olhou para ela e saiu do gabinete. Carlota sentiu cair-lhe uma lágrima e murmurou:
— Não me ama, não me ama!

V

A lágrima de Carlota foi largamente paga, porque, alguns dias depois, Lulu Borges lhe fez diretamente a confissão do seu amor; Carlota ouviu-o contente e palpitante. Não lhe respondeu nada; mas o olhar disse tudo, e a mão, em que Lulu Borges pegou e que estava trêmula e fria, disse o resto se alguma coisa ficou por dizer.

O caso ocorreu no gabinete do dr. Cordeiro, onde Lulu Borges escrevia não sei que ofícios relativos à sociedade patriótica. O médico estava fora; Carlota entrou lá com dois fins, um aparente e mentiroso, outro escondido e verdadeiro. O motivo aparente era ir ver um livro, um romance; coisa que aliás não existia no gabinete do dr. Cordeiro. Lulu Borges, depois de procurar em vão o romance pedido, compreendeu que o melhor era dar-lhe uma página de romance real. O que se fez do modo mais correntio do mundo; Carlota corou e não disse nada; depois fugiu, mas fugiu deixando com ele o coração e a confissão.

Lulu Borges triunfara: possuía a moça; restava saber se o pai consentiria em trocar de genro. Não era infalível, mas não era impossível. Quanto ao Conceição...

O Conceição não dava mostras de entender coisa nenhuma; entrava e saía como antes, falava do mesmo modo, posto que a alegria das suas palestras fosse mais aparente do que real. Ninguém reparava nisso, nem Carlota, nem mesmo Lulu Borges. Ele aparecia nas horas do costume, com a sua graça usual nos lábios; jogava o mesmo voltarete, à noite; e se Carlota não ia já, como dantes, colocar-se ao pé da mesa do jogo, ele fingia não reparar nisso e até estimá-lo. O que ninguém percebia é que ele acompanhava os movimentos da moça, via-a ir disfarçadamente até à janela, ou até o sofá, com o outro, falarem, rirem, divertirem-se sem ele, e pode ser que à custa dele.

A falar verdade, o Conceição desconfiou do intruso desde o dia em que o viu ir à casa do dr. Cordeiro; comparou a figura com a do teatro, e viu que era a mesma; assistiu ao zelo patriótico do rapaz, à maneira por que fez eleger presidente da sociedade ao dr. Cordeiro e só hesitou um pouco quando o viu levantar a própria candidatura dele, Conceição, para tesoureiro da sociedade. Supôs a princípio que ele não conhecesse bem o futuro genro do dr. Cordeiro, mas pouco durou essa suposição; compreendeu que o Lulu Borges era um grande velhaco.

Ora, o Conceição, se não tinha as aparências e a elegância do Lulu Borges, tinha uma grande sensibilidade e não menor circunspecção. No dia em que se persuadiu deveras de que, não só o intruso pretendia arrebatar-lhe a noiva, como que esta parecia aceitar com simpatia as pretensões do intruso, nesse dia, o Conceição padeceu um profundo golpe no coração. Levou quase toda a noite desse dia, a fumar e a contar estrelas do céu. De madrugada, meteu-se em água fria, segundo era o seu costume, e saiu do banho com uma resolução feita. Carlota merecia-lhe muito, mas ainda mais lhe merecia a sua dignidade.

Um dia, pois, quando nenhuma dúvida podia haver, em seu espírito, sobre a aquiescência de Carlota à corte que lhe fazia o rapaz, determinou o Conceição romper o casamento, mas não o quis fazer sem entender-se com ela.

Carlota estava longe de esperar semelhante resolução. No turbilhão em que ia, no gozo de um sentimento, que lhe era agradável, Carlota fechava voluntariamente os olhos às dificuldades inevitáveis; lembrava-se muita vez do casamento projetado, da vontade de seus pais, da aceitação pública, e só não se lembrava do amor do Conceição, que era o menos grave ponto do conflito. O que é o coração humano! Pensava às vezes que podia deixar de casar com o Lulu Borges, mas surgia-lhe a figura do outro, e em vez de buscar meio de vencer a dificuldade, lançava mão do adiamento, e deixava-se ir na corrente de todos os dias.

Não durou muito essa situação ambígua, porque não convinha ao noivo prolongá-la; e um dia, quando Carlota se deixara estar, com os olhos no teto, a pensar no Borges, surgiu-lhe o Conceição, que lhe perguntou com muita brandura onde tinha naquela ocasião os seus olhos.

— No teto — respondeu ela estremecendo e fazendo-se pálida.

— Pode ser — tomou o outro —, e efetivamente há ali um teto...

— Não compreendo.

— Quero dizer que a senhora parecia estar olhando para outra parte, porque os olhos fitam muita vez um ponto e a vista não se fixa aí, mas noutro lugar... mais longe...

— Mais longe?

— Por exemplo, a senhora podia estar olhando agora para o Lulu Borges — disse o Conceição sorrindo.

Carlota fez-se ainda mais pálida, e não se atreveu a levantar os olhos. Esteve assim durante alguns segundos; mas, como a situação fosse incômoda, resolveu sair dela com um gracejo.

— Ciúmes! — disse ela buscando sorrir.

— Ciúmes?

— Parece...

— Parece mal — atalhou o Conceição com um modo grave —; não se trata disso; trata-se de coisa mais séria.

Carlota levantou os olhos para ele.

— Trata-se — continuou o Conceição — nada menos que de romper o nosso casamento, ficando cada um de nós com a sua liberdade. A senhora ama aquele moço; acho que faz bem, se assim lho pede o coração, e agradeço-lhe o tê-lo amado a tempo de me libertar. Concluo que, ou nunca me amou, ou apenas me deu um sentimento fraco, filho do capricho, talvez filho do costume; num ou noutro caso, siga agora os seus atuais impulsos, e pela minha parte declaro-a livre.

Carlota estava atônita, com o que ouvira; misturavam-se nela, em doses iguais, o pasmo, a alegria, o vexame, e não soube o que lhe dissesse quando ele acabou de falar. Ocorreu-lhe, entretanto, um triste recurso.

— Já sei — disse ela —, o senhor ama a outra, e quer deixar-me; era melhor dizê-lo com franqueza.

O Conceição sorriu com um ar de dolorosa ironia; depois disse:

— Suponha que é verdade, que amo a outra, e que me vou casar, ou ao menos que pretendo fazê-lo; suponha...

— Não suponho nada — interrompeu a moça —; quer deixar-me, deixe...

— Mas se eu me arrependesse, se eu lhe dissesse que...

— Não, nada ouvirei; depois do que me disse, nada é mais possível entre nós — disse a moça com indignação.

Pobre noivo! Depois do que sabia, só lhe faltava o golpe daquela indignação simulada. Nada disse o Conceição durante alguns minutos, enquanto a moça, ora olhava para ele, com um ar de queixa, ora mordia raivosa a ponta do lenço, ora batia com o pé; mas quando todas as mostras de ciúme lhe pareceram excessivas, o Conceição disse em tom decisivo e com voz concentrada:

— Nada há mais entre nós, mas a culpa não é minha, é sua. Não lhe faço nenhuma recriminação; não seria útil nem digno; basta-me dizer-lhe que...

Carlota quis interrompê-lo com um gesto.

— Ouça — disse ele.

E fazendo-a sentar de novo, com um gesto brando e cortês, continuou dizendo que tudo sabia, e que era preciso terminar tudo.

— Minha presença nesta casa é mais do que inútil, é incômoda para a senhora e ridícula para mim; conseguintemente, é força retirar-me; e só me resta fazê-lo de um de dois modos, ou por mim mesmo ou por iniciativa sua.

— Desde que o senhor sai porque quer, penso que não devo eu fazê-lo sair — disse Carlota.

— Carlota!...

— Perdão — atalhou a moça —; já não tem direito de me tratar assim.

— Foi um esquecimento. Qual é a sua resolução?

— A que quiser.

— Está então tudo acabado — tornou o Conceição depois de alguns instantes, como agarrando-se a uma tábua de salvação.

Carlota levantou os ombros, a olhar para o espaldar de uma cadeira, com o ar mais indiferente do mundo; o Conceição não podia ocultar a comoção.

— Adeus! — disse ele.

A moça cortejou-o; ele saiu.

Logo que o Conceição a deixou só, Carlota respirou largamente, ergueu-se, e deu alguns passos de um para outro lado. Parecia livre de um grande peso. Não pensava nas explicações nem nas consequências; via somente uma coisa: a liberdade de casar com Lulu Borges; e para ela era tudo.

Nesse mesmo dia, o dr. Cordeiro foi surpreendido com uma carta do Conceição. Dizia-lhe este que, certo de não ser correspondido em seus afetos, pedia licença para renunciar à mão da filha. O dr. Cordeiro ficou atônito; a mulher não menos atônita.

— Isto não se faz! — clamava ele —; isto é uma pelintragem! Quando todos já sabiam do casamento, quando eu... Ora esta! que ordinário!

A mulher persignava-se com a mão esquerda, e não podia crer no que dizia a carta; havia porém, em seu gesto, alguma coisa que mostrava não lhe ser desconhecida a origem do mal. A verdade é que ela desconfiava já de alguma coisa; nunca porém chegara a recear o que se deu, porque atribuía a um simples capricho – uma leviandade de Carlota.

No dia seguinte, o dr. Cordeiro resolveu mandar chamar o Conceição, para entender-se com ele acerca de um ato que lhe parecia desairoso à família; mas no momento em que escrevia a carta, entrou Carlota no gabinete, e, ditas as primeiras palavras, o pai deixou cair a pena da mão.

VI

– Papai, o Conceição foi autorizado por mim – disse Carlota. – Já não me quero casar com ele.

Foi neste ponto que a pena caiu das mãos do dr. Cordeiro, enquanto a alma lhe caía aos pés. O pai contraiu as sobrancelhas, como a fazer uma interrogação muda; a filha repetiu o que dissera.

– Não quero casar.

– Mas por quê?

– Não gosto dele.

– Mas gostavas antes, aceitaste a mão que ele te ofereceu, marcou-se a data do casamento, preparamo-nos, dei notícia aos parentes e amigos, e...

– E não me caso – concluiu Carlota.

– Mas então quem pensas tu que eu seja, eu e tua mãe, e a sociedade? Isto é brincadeira de bonecas? Sabes que a reputação de uma moça não se expõe assim à curiosidade dos outros, e as caçoadas...

— Não sei nada disso — interrompeu outra vez Carlota —, sei que não me caso com o Conceição.

— E se eu te obrigar...

— Não me caso.

O dr. Cordeiro ergue-se trêmulo de cólera, mas a filha não se alterou, nem empalideceu; deixou-se estar a olhar para ele com tranquilidade; o dr. Cordeiro tomou a sentar-se, mas silencioso e abatido. Ao fim de alguns minutos:

— Não foi essa — disse ele —, não foi essa a educação que eu e a tua mãe te demos; não foram esses os exemplos; e nunca supus que se desse esta cena entre nós. Faça-se a tua vontade; retira-te.

Carlota obedeceu e saiu.

De tarde, quando o Lulu Borges lá apareceu, chamou-o o dr. Cordeiro ao seu gabinete, para lhe contar tudo. Lulu Borges era já uma espécie de confidente obrigado do velho médico.

— Sabe? — perguntou este logo que ficaram a sós.

— O quê?

— O Conceição...

— Que fez?

— Escreveu-me restituindo a palavra dada; diz que não se casará com Carlota.

Lulu Borges sabia perfeitamente de tudo, porque Carlota tudo lhe escrevera; mas era matreiro como poucos, abriu a boca espantado; depois como lhe ocorresse outra ideia, fechou a boca e baixou os olhos, dando ao rosto um ar de vexame e remorso.

— Que lhe parece o pelintra? — disse o dr. Cordeiro.

Silêncio de Lulu Borges.

— Na verdade, vir pedir uma moça, preparar-se o casamento, escrever uma carta daquelas...

Silêncio de Lulu Borges.

— Só esganando-o — concluiu o médico. E depois de uma pausa:

— Ah! meu caro Borges, nunca tenha filhos! não se case! poupará grandes amarguras.

Mas porque o silêncio de Lulu Borges continuasse, perguntou-lhe o médico se não tinha ao menos uma palavra de consolação para ele, em tão desagradável conjuntura.

— Consolação? — repetiu Lulu Borges. — E a quem a irei eu pedir? De consolação preciso eu, doutor; de consolação e de piedade, porque vejo a sua dor, e vejo... que... não, nunca... adeus...

— Que é isso?

O Lulu Borges levantara-se; o médico deteve-o.

— Aonde vai?

Não respondeu o secretário da sociedade patriótica; deixou-se estar a olhar para o chão, com um ar de confusão e vergonha. O dr. Cordeiro não podia sequer raciocinar acerca do que via; tinha tal entusiasmo por Lulu Borges, que por alguns segundos esqueceu inteiramente o episódio da filha. Instou mais, instou muito com Lulu Borges; este determinou-se então a dizer tudo.

— Saiba...

Uma pausa.

— O quê? — disse o dr. Cordeiro.

— Saiba...

E suspendeu-se o secretário; uma ideia luminosa e diferente lhe atravessou o cérebro, e, prestes a confessar-se causador do mal, resolveu apresentar-se simplesmente no caráter de reparador. Era mais patético, e sobretudo mais nobre. Mas tendo já começado a outra cena, como faria ele para passar à nova? Pareceu-lhe que o melhor era combiná-las, e disse:

— Saiba que eu já suspeitava isso mesmo; e tinha uma dor grande, uma dor calada de ver sacrificada essa moça, tão digna das adorações e da estima de um homem como o Conceição, que sempre apreciei muito. Admira-me o que fez, mas, repito, eu já o suspeitava... E porque suspeitava, entrei a contemplar com simpatia a vítima... não, não direi esse nome, não quero carregar a mão no ato do Conceição. Vítima, não; direi... não direi nada... Diremos o anjo, porque sua filha, doutor, é um anjo de resignação, de bondade, e de boa-fé...

— Tem razão, aprovou o dr. Cordeiro.

— De boa-fé, continuou Lulu Borges; vi-a então com afeto... e imaginava o que seria quando o Conceição viesse a fazer o que fez; e então resolvi tentar alguma coisa... evitar o golpe... mas ao mesmo tempo não supunha que ele fosse capaz...

— E foi — bradou o médico —; foi capaz, e aí está minha filha na boca do mundo, exposta a mil comentários, talvez rejeitada por mais de um pretendente, desde que souber que, sem motivo, sem aparência de motivo, um malandro...

— Rejeitada? — disse Lulu Borges.

— Pode ser.

— Nunca!

E Lulu Borges estendeu a mão ao médico, e disse-lhe em tom comovido:

— Ninguém a rejeitará doutor, porque se me julga digno de entrar na sua família, e se ela o quiser, o marido de D. Carlota serei eu.

O pasmo do dr. Cordeiro foi enorme; durante alguns minutos olhou para o secretário da sociedade patriótica, sem ousar dizer nada, porque mal acreditara no que ouvira, tão longe estava daquele desenlace; mas, enfim, o tempo correu, Lulu Borges continuava a estar ali, era aquele o gabinete, e o médico não dormia; a reflexão viu isso tudo, e a realidade dominou logo. Que diria o dr. Cordeiro ao pedido súbito e inesperado de Lulu Borges? Não disse nada; apertou-lhe a mão comovido, agradeceu-lhe em duas palavras mal articuladas e calou-se; depois tornou a falar, mas foi para lhe pedir toda a reserva no que se acabava de passar, enfim, disse francamente:

— Quanto a Carlota, ela será sua, se o quiser, mas então com uma condição.

— Qual?

— O casamento far-se-á imediatamente.

— Essa condição seria a minha; há situações que não permitem demora, e a nossa é uma dessas.

Lulu Borges disse isto com uma atitude e entoação teatrais; e o dr. Cordeiro, que gostava muito de teatro, achou que era aquilo a mais alta expressão da dignidade e que o secretário da sociedade patriótica era um verdadeiro amigo.

Saídos dali, pensou Lulu Borges no modo de industriar a moça, o que fez a tempo de completar a cena por ele começada; de modo que, em vez de impor o noivo ao pai, pareceu recebê-lo com resignação.

— Não te obrigo a nada — disse o dr. Cordeiro —; aceita-o se quiseres; mas se o quiseres, fica certa de que terás um marido digno.

— De certo.

— Aceitas?

— Aceito.

A mãe da moça desconfiava de que havia alguma coisa, segundo já ficou dito atrás, mas vendo o marido crer alguma coisa que não era a verdade, não quis dizer qual era esta, e com o seu silêncio deixou ao lado da felicidade, a ilusão. Lá consigo, pareceu-lhe que o Lulu Borges era um pouco velhaco, mas como lhe parecia bom, afetuoso e de costumes puros, e visto que a filha o amava, consolou-se com a ideia de que não há perfeição no mundo.

Marcou-se desde logo o dia do casamento, e tiraram-se os papéis, com uma presteza rara. Todos os motivos convergiam para o ponto de realizar o casamento logo e logo: — o amor da noiva, a cobiça do noivo, o capricho ou a dignidade ofendida do pai.

— Mostrarei àquele pelintra, que não zombou de mim como pensava — dizia consigo o médico, e dizia-o muito contente.

Quanto a Ernesto, que encontramos uma vez no teatro de S. Januário, no dia em que soube do casamento de Lulu Borges e Carlota não se deteve um instante; foi ter com o amigo.

— Deveras?

— O quê?

— Casas-te com a Carlota?

Lulu Borges hesitou um instante; depois disse que sim.

— Mas... então...

— O outro despediu-se, eu caso-me. Não te disse logo, porque ficou convencionado entre nós todos a maior reserva. Vejo que a coisa está pública.

— Em toda a parte.

— Pois caso-me.

— Então ganhaste?

— Que te dizia eu? Ganhei; tudo está em querer. Quis; venci.

Fez-se o casamento no dia aprazado com um estrondo que deu muito que falar em toda a Gamboa; foi uma festa esplêndida; e o conto, acabaria aqui, se todos os contos acabassem pelo casamento, mas não é assim, e o casamento é muita vez um prelúdio, em vez de um desenlace. Este foi prelúdio; mas o desenlace não tarda.

VII

Deixamos Carlota casada, no fim do capítulo anterior, casada com o matreiro Lulu Borges, que abalou enfim o dente nos cabedais do crédulo sogro; deixemo-la durante os primeiros seis meses, os primeiros oito, os primeiros doze; é melhor; demos tempo ao tempo.

— És feliz? — perguntou-lhe o dr. Cordeiro, dois dias depois do casamento, indo visitá-la, na rua da Imperatriz.

— Sou — disse ela.

E tanto a pergunta como a resposta eram desacertadas e importunas. Não bastam dois dias para conhecer a felicidade conjugal; e os dois primeiros dias são sempre a felicidade, quando a vontade liga duas criaturas.

Não obstante esta reflexão que devera ter ocorrido ao nosso bom médico, a verdade é que ele acreditou dever fazer a pergunta, e deu-se por satisfeito com a resposta. Aliás, o dr. Cordeiro continuara a morrer de amores pelo secretário da sociedade patriótica, a achá-lo o mais simpático dos rapazes, o mais afetuoso e o mais digno. À ideia pois do sacrifício que o Lulu Borges pareceu fazer unindo-se a Carlota, a fim de tapar a boca ao mundo, que aliás nada tinha que dizer, essa ideia coroou o marido de Carlota e o fez para sempre senhor do coração do sogro; e tanto melhor se a filha era feliz: era ouro sobre azul.

Lulu Borges, na verdade, estava contentíssimo com a operação; tinha uma mulher bonita e de algum modo prendada, mas sobretudo pecuniosa, que era para ele o essencial. Carlota fora requestada de muitos, e o triunfo, em tal caso, tem um sabor maior, um certo pico, enfim lisonjeia a vaidade. Era, pois, excelente marido o Lulu Borges, atencioso, cortês, quase apaixonado. Parecia ter o único pensamento de fazer a mulher feliz.

— Vamos ao teatro? — dizia-lhe às vezes.

— Não.

— Passear?

— Também não.

— Jogar?

— Quisera...

— Diz, meu anjo, o quê?
— Está bom, vamos ao teatro...
— Mas é contra a vontade...
— Não é; estava mesmo com vontade de ir ver a peça nova...
— Não é isso...
— É; juro – dizia Carlota sorrindo.

Saíam; e era Carlota quem delineava as distrações, quem escolhia o teatro, o passeio, a visita, ou o simples jogo ou piano, entre os dois, em casa, sozinhos.

O dr. Cordeiro ia muitas vezes achá-los assim, defronte um do outro, a conversar, ou a jogar cartas, quando os não achava ao piano – ela a tocar, ele a ouvi-la.

— Entre, papai – dizia a moça.

E o dr. Cordeiro entrava contente, e ali passava uma ou duas horas com "os seus filhos", lá tomava chá, às vezes só, às vezes com a mulher, que estava tão feliz como ele.

No fim de algumas semanas, houve em casa da família Cordeiro uma notícia que alvoroçou a todos. Já se pode imaginar qual fosse: havia no horizonte um netinho. O dr. Cordeiro esfregava as mãos contentíssimo, logo que a mulher lhe deu a nova, e sentiu redobrar os seus afetos de pai. Um neto! Eram os seus sonhos, a sua maior ambição.

— E se for uma neta? – perguntava a mulher sorrindo.
— Que tem? Será ainda melhor, porque você é melhor do que eu – replicava com amabilidade o médico.

Não era marear a alegria da futura mãe, e o casal parecia chegar ao cúmulo de todas as felicidades. Se um filho é a maior de todas, eles a tiveram daí a meses, completa e fácil.

Nasceu com efeito um soberbo menino, que produziu em casa do dr. Cordeiro o maior alvoroço que ali houve, desde o nascimento de Carlota. Nenhum acidente notável; tudo correu perfeitamente, de modo que, para ser completa a ventura da família, não a recebia ela com lágrimas, mas extreme de todo o dissabor. Se fosse assim até o fim da vida, a vida era uma sorte grande; mas não há vida completa.

VIII

Fui mais prudente do que o Lulu Borges; não falei em dote, assunto de que o noivo tratara, dia antes de casar, fazendo-o com arte e dissimulação, de modo que ao dr. Cordeiro ainda pareceu desinteresse. O dote foi entregue ao noivo, sob a forma de bons prédios, e não se falou mais nisso. Lulu Borges cobrou pontualmente os aluguéis e foi gastando conforme a necessidade; pode-se dizer que era bom administrador.

Um ano depois do casamento, o dote, aliás inocente, recebeu uma forte dentada do jovem marido. Não se soube bem por que motivo, mas pode ser que fosse para pagar os caprichos de uma mulher impura. Digo que pode ser isso, porque o Lulu Borges, estroina de primeira ordem, dissipado, amigo dos prazeres, mal poderia habitar a terra da família; sua vocação era outra, outro o seu mundo, outros os seus hábitos. Simulou uma coisa que não era, e o fez durante largo tempo, maior do que se pudera supor da parte de um estroina emérito; meteu-se em casa, às noites, acompanhou a mulher, os sogros, foi marido excelente e pai extremoso. Mas todos os rios tendem ao leito natural, e o leito natural de Lulu Borges era a rua.

Convém dizer que, sendo ele profundamente velhaco, não fez a mudança, ou antes a restauração, de um só golpe e sem gradação nenhuma. Tão tolo não era ele. Foi devagar, com tática, começou a acostumar a família; ora tinha uma conferência com um sujeito, ora um negócio, ora um amigo doente, ora qualquer pretexto que lhe ficasse à mão; e nisso ajudava-o com muita solicitude o amigo, com quem o vimos, no teatro de S. Januário.

— Teu marido? — perguntou uma noite o dr. Cordeiro achando a filha só.

— Saiu — disse esta sorrindo —, mas não tarda; foi a uma conferência...

— Sobre?...

— Parece que sobre um negócio; não sei bem o que é.

Era razoável a explicação; aceitaram-na, e não diminuía a confiança nem se alterara a paz. Mas os fatos repetiam-se.

— Não está cá o Lulu? — perguntou noutra ocasião o dr. Cordeiro.

— Não, senhor, foi tratar um negócio.

No fim de dez ou doze explicações vagas como esta, o dr. Cordeiro sentiu-se um pouco incomodado, mas nada disse, nem podia dizer, tanto mais quando as doze vezes não foram em noites consecutivas. Ao cabo de dois meses começaram as ausências a ser mais continuadas do que dantes; e a própria Carlota apresentava um rosto menos prazenteiro do que costumava. Um dia chegou a parecer triste e aflita, mas nada disse ao pai nem à mãe, por mais que estes lho perguntassem.

— Sabes que mais? — disse o dr. Cordeiro à mulher —, cuido que nossa filha não é feliz.

— Por quê?

— Estas ausências...

— Talvez.

— Vê se ela te diz alguma coisa.

No domingo imediato, Carlota foi jantar em casa dos pais, levou o filhinho e a ama, mas o marido não apareceu nem de tarde nem de noite, e foi o dr. Cordeiro quem acompanhou a filha à casa, às dez horas da noite. No caminho, teve impulso de lhe falar, de a interrogar francamente; mas era difícil, deixou o trabalho à mulher. Contudo, à porta, sempre lhe perguntou:

— Teu marido já terá vindo?

— Pode ser — disse Carlota.

Não tinha vindo; chegou a casa de madrugada.

IX

Assim se passaram alguns dias, até que a mãe de Carlota diretamente lhe falou em vão; Carlota não respondeu nada a princípio; depois respondeu negativamente; disse que era muito feliz.

— Não creio — disse a mãe —, sente-se que não és feliz.

— Que ideias, mamãe! Por quê?

— Porque sim. Teu marido anda agora fora de casa, nunca vai lá contigo, não está contigo às noites, e eu até já soube que às vezes recolhe-se quase de manhã...

— Às vezes sim; são negócios...

— Negócios?

— Sim, senhora, negócios.

Não foi mais feliz o dr. Cordeiro, que, atribuindo pouca habilidade à mulher, assentou de, por si mesmo, alcançar a verdade. Não alcançou nada; Carlota mostrou-se tão reservada, como da primeira vez.

Decorreram assim umas sete ou oito semanas. Um dia, o médico, estando numa gôndola, ouviu a dois sujeitos, únicos que ali iam com ele, falar de uns amores e escândalos, nos quais entrava o nome do genro; fechou os olhos e prestou ouvidos, mas pouco soube; soube apenas que entrara o nome do genro, e que havia uma mulher de má vida no caso.

— É preciso acabar com isto — pensou ele —; aliás, este homem leva a pequena à sepultura. Falemos quanto antes, enquanto é tempo.

Com efeito, nesse mesmo dia o Lulu Borges recebia um bilhete em que o sogro pedia que lhe fosse falar no dia seguinte de manhã; foi; o dr. Cordeiro caminhou sem vacilar ao ponto; disse-lhe que a filha era infeliz, posto se não queixasse, que ele descurava a casa, que não era esposo nem pai. Lulu Borges não pôde esconder o espanto ao ouvir as palavras e censuras do sogro, e, ferido no amor-próprio, reagiu e negou tudo. O sogro, porém, repetiu o pouco que ouvira na gôndola, e Lulu Borges empalideceria, se fosse homem de empalidecer. O que lhe aconteceu foi supor que o sogro sabia tudo.

— Quem lhe disse essas falsidades? — perguntou ele.

— Ninguém e todos — disse tranquilamente o dr. Cordeiro.

— Mentiram-lhe — tornou o genro.

Mas dizendo isto, via-se bem que quem mentia era ele; o dr. Cordeiro disse-lho na cara. Lulu Borges ouviu-o daí em diante sem protestar.

Saindo dali, foi um pouco pensativo para casa, e também um pouco irritado não com o sogro, mas consigo mesmo; podia ter sido mais cauteloso, ao menos em atenção às patacas do doutor Cordeiro, que eram boas, limpas, luzidias: em suma, eram as patacas; e por que motivo brigar com elas?

— Emendemos a mão — disse ele.

Já nessa noite ficou em casa, ficou algumas outras, visitou os sogros em companhia de Carlota, tudo com uma aparência de contrição, assaz completa. Seus impulsos patrióticos renasceram e o secretário tratou de arrancar à inércia a já meio esquecida sociedade. Justamente por aquele tempo, batizou-se o jovem Borges, que recebeu o nome do avô, em atenção às patacas deste, e a festa pareceu reconciliar o marido com a virtude.

"Ainda bem!", pensava o dr. Cordeiro; "foi bem bom ter-lhe falado com franqueza; o rapaz emendou-se."

E dizendo-o à mulher, esta replicou:

— Pode ser, pode ser.

— Desconfias de alguma coisa?

— Não, não desconfio de nada — replicava ela sem convicção.

Nesse mesmo dia, Lulu Borges veio jantar com o sogro, em companhia da mulher e nunca lhe pareceu tão amigo, tão caseiro, tão bom; e, como o dr. Cordeiro nutria a respeito do genro um grande entusiasmo, de pronto se reconciliou com ele; e tão de pronto que, pedindo-lhe Lulu Borges, no dia seguinte, cinco contos de réis para um negócio que meditava, emprestou-lhos o médico.

— Afianço-lhe que dentro de três meses, farei dobrar esta quantia — disse o genro piscando o olho.

— Velhaco!

Isto aconteceu numa quinta-feira; no sábado, ao meio-dia, entrava Carlota em casa da mãe, lavada em lágrimas e desfeita em soluços.

— Que tens?

Carlota deixou-se cair numa cadeira sem dizer palavra; os soluços embargavam-lhe a voz.

X

— Que tens? — repetiu a mãe.

Carlota soluçou ainda muito tempo, sem poder falar; a mãe, aflita, beijava-a, cercava-a de todos os lados, pedia que lhe contasse tudo; lembrou-se, o neto teria morrido.

— Aconteceu alguma coisa ao Juca?

— Não, senhora.

— Mas então que foi? anda, fala...

Carlota pôde finalmente dizer a causa da aflição. Havia já tempos que o marido parecia desprezá-la; vivia quase todo o tempo fora, recolhia-se tarde; às vezes nem se recolhia — ou só o fazia depois do almoço. Carlota lastimara-se a princípio, pedira-lhe de joelhos que não a desamparasse; e a princípio o marido fingiu atender às súplicas; mas depressa se enfastiou, e começou a maltratá-la. Carlota suportou ainda algum tempo os desdéns, as más respostas, as injúrias; um dia quis reagir, mas Lulu Borges depressa lhe abateu os ímpetos, ameaçando-a com um escândalo. Para poupar o escândalo, Carlota calou-se.

— Enfim — disse ela —, aconteceu esta noite o que acontece muitas vezes; ele não veio para casa; esperei-o para almoçar, e cansada de esperar mandei pôr o almoço na mesa, e sentei-me. Estava já sentada, com o Juca ao pé de mim, quando ele entrou, e...

— E quê? — disse a mãe, depois de curta pausa.

— Perguntei-lhe se queria almoçar; não me respondeu. Irritada, levantei-me, ele segurou-me nos pulsos, e obrigou-me a sentar outra vez; depois disse-me que eu devia pedir dez contos a papai...

— Para quê?

— Ouça. Respondi que não podia pedir mais dinheiro porque papai já nos havia dado muito, e além disso ele já devia alguns adiantamentos; disse mais, que era melhor que ele tratasse de ver um emprego, para não estar a gastar o que era do nosso filho. Levantou-se como uma cobra, e respondeu-me que eu era doida, que naturalmente recusava pedir dinheiro por ele, porque o queria pedir para outro...

— Jesus!

— Finalmente, que viesse pedir a papai, quando não ele me mataria...

— Disse isto?

— Disse; chorei muito, ajoelhei, pedi que nos poupasse mais desgostos; ele ameaçou-me ainda mais, dizendo que eu era tão atrevida como papai, mas que ele havia de ensinar-me... Estava furioso; nunca o vi assim; nunca...

A pobre mãe consolou-a como pôde; Carlota disse-lhe que não sairia mais dali; tinha medo do marido. O dr. Cordeiro soube daí a pouco toda a história, e foi ter com o genro, na ocasião justamente em que este, desesperando da volta da mulher, se preparava para ir à casa do sogro.

Lulu Borges empalideceu.

— Carlota foi lá a casa — disse o médico — pedir-me um dinheiro de que o senhor precisa...

— É verdade que eu...

— O senhor é um miserável! — interrompeu o dr. Cordeiro.

Lulu Borges conteve-se; era fácil; viu que tudo estava perdido ou quase perdido. Naturalmente Carlota contara tudo, e o sogro vinha tomar-lhe contas. Em tais transes, ele era flexível e hábil; deixou passar a onda por cima da cabeça e surdiu fora.

— Não me julgue sem ouvir-me, disse ele; há de dizer que tenho gasto muito, é verdade; que tenho desbaratado o dote de Carlota e o que o senhor me emprestou por diversas vezes, é também verdade; mas se soubesse quantos esforços tenho feito! se soubesse que um caiporismo...

— O senhor é um miserável! — repetiu o médico.

Desta vez Lulu Borges empalideceu.

Então o dr. Cordeiro continuou expondo tudo o que sabia dele; sabia das mulheres impuras, das noitadas do jogo, em que ele perdia e desbaratava o dinheiro ajuntado pelo sogro; lançou-lhe em rosto a grosseria com que tratava a mulher, o desamor com que a deixava sozinha para ir-se a orgias e vícios de toda a sorte; acabou intimando-lhe a separação do casal.

Lulu Borges sentiu-se naufragar, viu que nada pudera encobrir, e ouviu aterrado a ordem de separação. A separação era para ele a morte das últimas esperanças.

— Nunca! — bradou ele.

— Por que nunca? — disse sorrindo amargamente o sogro.

— Porque minha mulher é minha e meu filho é meu; o senhor tem o direito de me não dar o seu dinheiro, mas não tem o de me arrebatar a família. Faça um processo se quer, provoque o escândalo...

O dr. Cordeiro ficou rubro de cólera.

— Miserável! — bradou.

— Provoque um escândalo — repetiu Lulu Borges.

E certo de que o pai amava a filha e o neto e não quereria pô-los na boca do mundo, continuou a bradar que tinha direito à mulher e ao filho, e que não abriria mão deles por nenhum preço.

— Nenhum preço? — perguntou o médico.

— Nenhum.

— Talvez este...

E dizendo isto o dr. Cordeiro meteu a mão no bolso, de onde tirou a carteira. Lulu Borges olhou para ele espantado, sem saber o que o sogro ia fazer, nem que resposta lhe havia de dar. O médico tirou da carteira uma letra.

— Vê?

— Vejo.

— Conhece a assinatura?

Lulu Borges ficou branco como um defunto. A letra era falsa, tinha sido fabricada por Lulu Borges alguns meses antes, para obter dinheiro; chegara na véspera às mãos do dr. Cordeiro, que a pagou.

— Quem lhe deu esse papel? — disse o genro, sem reparar nestas palavras.

O dr. Cordeiro não lhe respondeu; ameaçou-o com a letra; e o genro ficou aterrado. Então mudou de tática, e não já ameaçou, mas implorou o perdão e a amizade do sogro, prometeu emendar-se, trabalhar, fazer feliz a mulher e o filho; disse que a lição era cruel, e que nunca mais – nunca dos nuncas – procederia do modo por que até ali fizera. O dr. Cordeiro ouviu-o calado, e quando o outro pareceu acabar, esperando uma resposta:

– Não – disse ele –; nada mais pode haver entre nós. Eu quero a separação; arranjemos a coisa de maneira que lhe possa dar alguns recursos; mas a reunião da família é impossível! É impossível! Foi o senhor que assim o quis.

XI

Fez-se a separação nos termos assentados pelo dr. Cordeiro; a filha deste e o menino vieram para casa do médico. Estava interrompida a vida de Carlota.

Quando esta pôde refletir sobre tudo o que lhe acontecera, antes e depois de casar, mediu o abismo em que caíra e viu todo o horror da situação; estava fora dos tormentos, mas estava quase só – com um filho sem pai – esposa sem marido – no meio de seus velhos pais, que podiam morrer de um dia para outro, não lhe deixando a ela nenhuma outra afeição a não ser de uma pobre criança. Tal era a situação. Carlota chorou muita lágrima silenciosa. No meio desse cismar solitário ocorreu-lhe mais de uma vez a pessoa do Conceição, tão grave, tão afetuoso, tão capaz de a fazer feliz – o Conceição que ela desprezara para seguir um homem que mal conhecia. Depois lembrou-lhe o Teatro de S. Januário, e da curiosidade que ela tivera de um dia de ir ali; lembrou isto e suspirou:

– Funesta curiosidade!

Um ano depois morreu a mãe de Carlota, dois meses mais tarde o pai. Carlota ficou só no mundo, com o filho; felizmente salvara ainda na boa parte dos cabedais; tinha alguma abastança; tratou de educar o filho. Tentou Lulu Borges reatar os laços antigos, logo depois da morte do dr. Cordeiro, mas foi em vão; a mulher resistiu, resistiu por todos os meios. Era impossível unirem-se, Lulu Borges causava-lhe asco.

Mas um dia morreu o Lulu Borges, e foi para ela uma felicidade; Carlota respirou como se lhe tirassem um peso de cima. Chegou a pôr luto, mas eram só aparências de sociedade.

"Agora viverei para meu filho", pensou ela.

E dizendo isto suspirou, porque apesar de tudo ela tinha ainda muito amor no coração, e quisera tê-lo empregado em um marido digno e bom. Protestou porém que não se casaria; tinha-se enganado uma vez, e era bastante.

Um dia, porém, um ano depois de viúva, tendo o filho saído a passeio com a aia, voltou trazendo um papelinho na mão.

— Foi um homem que me deu — disse ele.
— O que é?
— Disse que entregasse a mamãe.
— A mim?

Carlota abriu e leu:

> Perdoei-lhe um dia e amei-a sempre. Sei que padeceu muito; posso enxugar-lhe as lágrimas, se algumas lhe restam.

Era um bilhete do Conceição. A viúva viu-se ao espelho; não tinha as graças de outro tempo; e por outro lado, se alguma coisa possuía, Conceição também enriquecera. Que poderia inspirá-lo senão o amor nunca extinto?

– Há então amores daqueles?

– Há – respondeu-lhe o Conceição daí a algumas semanas, porque o casamento foi efetuado logo.

Tinha pressa de ser enfim feliz; podia já ser tarde!

Publicado originalmente em
A Estação (1879)

A cartomante

Hamlet observa a Horácio que há mais coisas no céu e na terra do que sonha a nossa filosofia. Era a mesma explicação que dava a bela Rita ao moço Camilo, numa sexta-feira de novembro de 1869, quando este ria dela, por ter ido na véspera consultar uma cartomante; a diferença é que o fazia por outras palavras.

— Ria, ria. Os homens são assim; não acreditam em nada. Pois saiba que fui, e que ela adivinhou o motivo da consulta, antes mesmo que eu lhe dissesse o que era. Apenas começou a botar as cartas, disse-me: "A senhora gosta de uma pessoa..." Confessei que sim, e então ela continuou a botar as cartas, combinou-as, e no fim declarou-me que eu tinha medo de que você me esquecesse, mas que não era verdade...

— Errou! – interrompeu Camilo, rindo.

— Não diga isso, Camilo. Se você soubesse como eu tenho andado, por sua causa. Você sabe; já lhe disse. Não ria de mim, não ria...

Camilo pegou-lhe nas mãos, e olhou para ela sério e fixo. Jurou que lhe queria muito, que os seus sustos pareciam de criança; em todo o caso, quando tivesse algum receio, a melhor cartomante era ele mesmo. Depois, repreendeu-a; disse-lhe que era imprudente andar por essas casas. Vilela podia sabê-lo, e depois...

— Qual saber!, tive muita cautela, ao entrar na casa.

— Onde é a casa?

— Aqui perto, na rua da Guarda Velha; não passava ninguém nessa ocasião. Descansa; eu não sou maluca.

Camilo riu outra vez:

— Tu crês deveras nessas coisas? — perguntou-lhe.

Foi então que ela, sem saber que traduzia Hamlet em vulgar, disse-lhe que havia muita coisa misteriosa e verdadeira neste mundo. Se ele não acreditava, paciência; mas o certo é que a cartomante adivinhara tudo. Que mais? A prova é que ela agora estava tranquila e satisfeita.

Cuido que ele ia falar, mas reprimiu-se. Não queria arrancar-lhe as ilusões. Também ele, em criança, e ainda depois, foi supersticioso, teve um arsenal inteiro de crendices, que a mãe lhe incutiu e que aos vinte anos desapareceram. No dia em que deixou cair toda essa vegetação parasita, e ficou só o tronco da religião, ele, como tivesse recebido da mãe ambos os ensinos, envolveu-os na mesma dúvida, e logo depois em uma só negação total. Camilo não acreditava em nada. Por quê? Não poderia dizê-lo, não possuía um só argumento; limitava-se a negar tudo. E digo mal, porque negar é ainda afirmar, e ele não formulava a incredulidade; diante do mistério, contentou-se em levantar os ombros, e foi andando.

Separaram-se contentes, ele ainda mais que ela. Rita estava certa de ser amada; Camilo, não só o estava, mas via-a estremecer e arriscar-se por ele, correr às cartomantes, e, por mais que a repreendesse, não podia deixar de sentir-se lisonjeado. A casa do encontro era na antiga rua dos Barbonos, onde morava uma comprovinciana de Rita. Esta desceu pela rua das Mangueiras, na direção de Botafogo, onde residia; Camilo desceu pela da Guarda Velha, olhando de passagem para a casa da cartomante.

Vilela, Camilo e Rita, três nomes, uma aventura e nenhuma explicação das origens. Vamos a ela. Os dois primeiros eram amigos de infância. Vilela seguiu a carreira de magistrado. Camilo entrou no funcionalismo, contra a vontade do pai, que queria vê-lo médico; mas o pai morreu, e Camilo preferiu não ser nada, até que a mãe lhe arranjou um emprego público. No princípio de 1869, voltou Vilela da província, onde casara com uma dama formosa e tonta; abandonou a magistratura e veio abrir banca de advogado. Camilo arranjou-lhe casa para os lados de Botafogo, e foi a bordo recebê-lo.

– É o senhor? – exclamou Rita, estendendo-lhe a mão. Não imagina como meu marido é seu amigo; falava sempre do senhor.

Camilo e Vilela olharam-se com ternura. Eram amigos deveras.

Depois, Camilo confessou de si para si que a mulher do Vilela não desmentia as cartas do marido. Realmente, era graciosa e viva nos gestos, olhos cálidos, boca fina e interrogativa. Era um pouco mais velha que ambos: contava trinta anos, Vilela vinte e nove e Camilo vinte e seis. Entretanto, o porte grave de Vilela fazia-o parecer mais velho que a mulher, enquanto Camilo era um ingênuo na vida moral e prática. Faltava-lhe tanto a ação do tempo, como os óculos de cristal, que a natureza põe no berço de alguns para adiantar os anos. Nem experiência, nem intuição.

Uniram-se os três. Convivência trouxe intimidade. Pouco depois morreu a mãe de Camilo, e nesse desastre, que o foi, os dois mostraram-se grandes amigos dele. Vilela cuidou do enterro, dos sufrágios e do inventário, Rita tratou especialmente do coração, e ninguém o faria melhor.

Como daí chegaram ao amor, não o soube ele nunca. A verdade é que gostava de passar as horas ao lado dela; era a sua enfermeira moral, quase uma irmã, mas principalmente era mulher e bonita. *Odor di femmina*: eis o que ele aspirava nela, e em volta dela, para incorporá-lo em si próprio. Liam os mesmos livros, iam juntos a teatros e passeios. Camilo ensinou-lhe as damas e o xadrez e jogavam às noites; — ela mal — ele, para lhe ser agradável, pouco menos mal. Até aí as coisas. Agora a ação da pessoa, os olhos teimosos de Rita, que procuravam muita vez os dele, que os consultavam antes de o fazer ao marido, as mãos frias, as atitudes insólitas. Um dia, fazendo ele anos, recebeu de Vilela uma rica bengala de presente, e de Rita apenas um cartão com um vulgar cumprimento a lápis, e foi então que ele pôde ler no próprio coração; não conseguia arrancar os olhos do bilhetinho. Palavras vulgares; mas há vulgaridades sublimes, ou, pelo menos, deleitosas. A velha caleça de praça, em que pela primeira vez passeaste com a mulher amada, fechadinhos ambos, vale o carro de Apolo. Assim é o homem, assim são as coisas que o cercam.

Camilo quis sinceramente fugir, mas já não pôde. Rita, como uma serpente, foi-se acercando dele, envolveu-o todo, fez-lhe estalar os ossos num espasmo, e pingou-lhe o veneno na boca. Ele ficou atordoado e subjugado. Vexame, sustos, remorsos, desejos, tudo sentiu de mistura; mas a batalha foi curta e a vitória delirante. Adeus, escrúpulos! Não tardou que o sapato se acomodasse ao pé, e aí foram ambos, estrada fora, braços dados, pisando folgadamente por cima de ervas e pedregulhos, sem padecer nada mais que algumas saudades, quando estavam ausentes um do outro. A confiança e estima de Vilela continuavam a ser as mesmas.

Um dia, porém, recebeu Camilo uma carta anônima, que lhe chamava imoral e pérfido, e dizia que a aventura era sabida de todos. Camilo teve medo, e, para desviar as suspeitas, começou a rarear as visitas à casa de Vilela. Este notou-lhe as ausências. Camilo respondeu que o motivo era uma paixão frívola de rapaz. Candura gerou astúcia. As ausências prolongaram-se, e as visitas cessaram inteiramente. Pode ser que entrasse também nisso um pouco de amor-próprio, uma intenção de diminuir os obséquios do marido para tornar menos dura a aleivosia do ato.

Foi por esse tempo que Rita, desconfiada e medrosa, correu à cartomante para consultá-la sobre a verdadeira causa do procedimento de Camilo. Vimos que a cartomante restituiu-lhe a confiança, e que o rapaz repreendeu-a por ter feito o que fez. Correram ainda algumas semanas. Camilo recebeu mais duas ou três cartas anônimas tão apaixonadas, que não podiam ser advertência da virtude, mas despeito de algum pretendente; tal foi a opinião de Rita, que, por outras palavras mal compostas, formulou este pensamento: — a virtude é preguiçosa e avara, não gasta tempo nem papel; só o interesse é ativo e pródigo.

Nem por isso Camilo ficou mais sossegado; temia que o anônimo fosse ter com Vilela, e a catástrofe viria então sem remédio. Rita concordou que era possível.

— Bem — disse ela —; eu levo os sobrescritos para comparar a letra com as das cartas que lá aparecerem; se alguma for igual, guardo-a e rasgo-a...

Nenhuma apareceu; mas daí a algum tempo Vilela começou a mostrar-se sombrio, falando pouco, como desconfiado. Rita deu-se pressa em dizê-lo ao outro, e sobre isso deliberaram. A opinião dela é que Camilo devia tornar à casa deles, tatear o marido, e pode ser até que lhe ouvisse a confidência de algum negócio particular. Camilo divergia; aparecer depois de tantos meses era confirmar a suspeita ou denúncia. Mais valia acautelarem-se, sacrificando-se por algumas semanas. Combinaram os meios de se corresponderem, em caso de necessidade, e separaram-se com lágrimas.

No dia seguinte, estando na repartição, recebeu Camilo este bilhete de Vilela: "Vem já, já, à nossa casa; preciso falar-te sem demora." Era mais de meio-dia. Camilo saiu logo; na rua, advertiu que teria sido mais natural chamá-lo ao escritório; por que em casa? Tudo indicava matéria especial, e a letra, fosse realidade ou ilusão, afigurou-se-lhe trêmula. Ele combinou todas essas coisas com a notícia da véspera.

— Vem já, já, à nossa casa; preciso falar-te sem demora — repetia ele com os olhos no papel.

Imaginariamente, viu a ponta da orelha de um drama, Rita subjugada e lacrimosa, Vilela indignado, pegando da pena e escrevendo o bilhete, certo de que ele acudiria, e esperando-o para matá-lo. Camilo estremeceu, tinha medo: depois sorriu amarelo, e em todo caso repugnava-lhe a ideia de recuar, e foi andando. De caminho, lembrou-se de ir a casa; podia achar algum recado de Rita, que lhe explicasse tudo. Não achou nada, nem ninguém. Voltou à rua, e a ideia de estarem descobertos parecia-lhe cada vez mais verossímil; era natural uma denúncia anônima, até da própria pessoa que o ameaçara antes; podia ser que Vilela conhecesse agora tudo. A mesma suspensão das suas visitas, sem motivo aparente, apenas com um pretexto fútil, viria confirmar o resto.

Camilo ia andando inquieto e nervoso. Não relia o bilhete, mas as palavras estavam decoradas, diante dos olhos, fixas; ou então – o que era ainda pior – eram-lhe murmuradas ao ouvido, com a própria voz de Vilela. "Vem já, já, à nossa casa; preciso falar-te sem demora." Ditas assim, pela voz do outro, tinham um tom de mistério e ameaça. Vem, já, já, para quê? Era perto de uma hora da tarde. A comoção crescia de minuto a minuto. Tanto imaginou o que se iria passar, que chegou a crê-lo e vê-lo. Positivamente, tinha medo. Entrou a cogitar em ir armado, considerando que, se nada houvesse, nada perdia, e a precaução era útil. Logo depois rejeitava a ideia, vexado de si mesmo, e seguia, picando o passo, na direção do Largo da Carioca, para entrar num tílburi. Chegou, entrou e mandou seguir a trote largo.

"Quanto antes, melhor", pensou ele; "não posso estar assim..."

Mas o mesmo trote do cavalo veio agravar-lhe a comoção. O tempo voava, e ele não tardaria a entestar com o perigo. Quase no fim da rua da Guarda Velha, o tílburi teve de parar; a rua estava atravancada com uma carroça, que caíra. Camilo, em si mesmo, estimou o obstáculo, e esperou. No fim de cinco minutos, reparou que ao lado, à esquerda, ao pé do tílburi, ficava a casa da cartomante, a quem Rita consultara uma vez, e nunca ele desejou tanto crer na lição das cartas. Olhou, viu as janelas fechadas, quando todas as outras estavam abertas e pejadas de curiosos do incidente da rua. Dir-se-ia a morada do indiferente Destino.

Camilo reclinou-se no tílburi, para não ver nada. A agitação dele era grande, extraordinária, e do fundo das camadas morais emergiam alguns fantasmas de outro tempo, as velhas crenças, as superstições antigas. O cocheiro propôs-lhe voltar à primeira travessa, e ir por outro caminho; ele respondeu que não, que esperasse. E inclinava-se para fitar a casa... Depois fez um gesto incrédulo: era a ideia de ouvir a cartomante, que lhe passava ao longe, muito longe, com vastas asas cinzentas; desapareceu, reapareceu, e tornou a esvair-se no cérebro; mas daí a pouco moveu outra vez as asas, mais perto, fazendo uns giros concêntricos... Na rua, gritavam os homens, safando a carroça:

— Anda! agora! empurra! vá! vá!

Daí a pouco estaria removido o obstáculo. Camilo fechava os olhos, pensava em outras coisas; mas a voz do marido sussurrava-lhe às orelhas as palavras da carta: "Vem, já, já..." E ele via as contorções do drama e tremia. A casa olhava para ele. As pernas queriam descer e entrar... Camilo achou-se diante de um longo véu opaco... pensou rapidamente no inexplicável de tantas coisas. A voz da mãe repetia-lhe uma porção de casos extraordinários; e a mesma frase do príncipe de Dinamarca reboava-lhe dentro: "Há mais coisas no céu e na terra do que sonha a filosofia..." Que perdia ele, se...?

Deu por si na calçada, ao pé da porta; disse ao cocheiro que esperasse, e rápido enfiou pelo corredor, e subiu a escada. A luz era pouca, os degraus comidos dos pés, o corrimão pegajoso; mas ele não viu nem sentiu nada. Trepou e bateu. Não aparecendo ninguém, teve ideia de descer; mas era tarde, a curiosidade fustigava-lhe o sangue, as fontes latejavam-lhe; ele tornou a bater uma, duas, três pancadas. Veio uma mulher; era a cartomante. Camilo disse que ia consultá-la, ela fê-lo entrar. Dali subiram ao sótão, por uma escada ainda pior que a primeira e mais escura. Em cima, havia uma salinha, mal alumiada por uma janela, que dava para o telhado dos fundos. Velhos trastes, paredes sombrias, um ar de pobreza, que antes aumentava do que destruía o prestígio.

A cartomante fê-lo sentar diante da mesa, e sentou-se do lado oposto, com as costas para a janela, de maneira que a pouca luz de fora batia em cheio no rosto de Camilo. Abriu uma gaveta e tirou um baralho de cartas compridas e enxovalhadas. Enquanto as baralhava, rapidamente, olhava para ele, não de rosto, mas por baixo dos olhos. Era uma mulher de quarenta anos, italiana, morena e magra, com grandes olhos sonsos e agudos. Voltou três cartas sobre a mesa e disse-lhe:

— Vejamos primeiro o que é que o traz aqui. O senhor tem um grande susto...

Camilo, maravilhado, fez um gesto afirmativo.

— E quer saber — continuou ela — se lhe acontecerá alguma coisa ou não...

— A mim e a ela — explicou vivamente ele.

A cartomante não sorriu; disse-lhe só que esperasse. Rápido pegou outra vez das cartas e baralhou-as, com os longos dedos finos, de unhas descuradas; baralhou-as bem, transpôs os maços, uma, duas, três vezes; depois começou a estendê-las. Camilo tinha os olhos nela, curioso e ansioso.

– As cartas dizem-me...

Camilo inclinou-se para beber uma a uma as palavras. Então ela declarou-lhe que não tivesse medo de nada. Nada aconteceria nem a um nem a outro; ele, o terceiro, ignorava tudo. Não obstante, era indispensável muita cautela; ferviam invejas e despeitos. Falou-lhe do amor que os ligava, da beleza de Rita... Camilo estava deslumbrado. A cartomante acabou, recolheu as cartas e fechou-as na gaveta.

– A senhora restituiu-me a paz ao espírito – disse ele estendendo a mão por cima da mesa e apertando a da cartomante.

Esta levantou-se, rindo.

– Vá, disse ela; vá, *ragazzo innamorato*...

E de pé, com o dedo indicador, tocou-lhe na testa. Camilo estremeceu, como se fosse a mão da própria sibila, e levantou-se também. A cartomante foi à cômoda, sobre a qual estava um prato com passas, tirou um cacho destas, começou a despencá-las e comê-las, mostrando duas fileiras de dentes que desmentiam as unhas. Nessa mesma ação comum, a mulher tinha um ar particular. Camilo, ansioso por sair, não sabia como pagasse; ignorava o preço.

– Passas custam dinheiro – disse ele afinal, tirando a carteira. – Quantas quer mandar buscar?

– Pergunte ao seu coração – respondeu ela.

Camilo tirou uma nota de dez mil-réis, e deu-lha. Os olhos da cartomante fuzilaram. O preço usual era dois mil-réis.

—Vejo bem que o senhor gosta muito dela... E faz bem; ela gosta muito do senhor. Vá, vá, tranquilo. Olhe a escada, é escura; ponha o chapéu...

A cartomante tinha já guardado a nota na algibeira, e descia com ele, falando, com um leve sotaque. Camilo despediu-se dela embaixo, e desceu a escada que levava à rua, enquanto a cartomante, alegre com a paga, tornava acima, cantarolando uma barcarola. Camilo achou o tílburi esperando; a rua estava livre. Entrou e seguiu a trote largo.

Tudo lhe parecia agora melhor, as outras coisas traziam outro aspecto, o céu estava límpido e as caras joviais. Chegou a rir dos seus receios, que chamou pueris; recordou os termos da carta de Vilela e reconheceu que eram íntimos e familiares. Onde é que ele lhe descobrira a ameaça? Advertiu também que eram urgentes, e que fizera mal em demorar-se tanto; podia ser algum negócio grave e gravíssimo.

—Vamos, vamos depressa — repetia ele ao cocheiro.

E consigo, para explicar a demora ao amigo, engenhou qualquer coisa; parece que formou também o plano de aproveitar o incidente para tornar à antiga assiduidade... De volta com os planos, reboavam-lhe na alma as palavras da cartomante. Em verdade, ela adivinhara o objeto da consulta, o estado dele, a existência de um terceiro; por que não adivinharia o resto? O presente que se ignora vale o futuro. Era assim, lentas e contínuas, que as velhas crenças do rapaz iam tornando ao de cima, e o mistério empolgava-o com as unhas de ferro. Às vezes queria rir, e ria de si mesmo, algo vexado; mas a mulher, as cartas, as palavras secas e afirmativas, a exortação: —Vá, vá, *ragazzo innamorato*; e no fim, ao longe, a barcarola da despedida, lenta e graciosa, tais eram os elementos recentes, que formavam, com os antigos, uma fé nova e vivaz.

A verdade é que o coração ia alegre e impaciente, pensando nas horas felizes de outrora e nas que haviam de vir. Ao passar pela Glória, Camilo olhou para o mar, estendeu os olhos para fora, até onde a água e o céu dão um abraço infinito, e teve assim uma sensação do futuro, longo, longo, interminável.

Daí a pouco chegou à casa de Vilela. Apeou-se, empurrou a porta de ferro do jardim e entrou. A casa estava silenciosa. Subiu os seis degraus de pedra, e mal teve tempo de bater, a porta abriu-se, e apareceu-lhe Vilela.

— Desculpa, não pude vir mais cedo; que há?

Vilela não lhe respondeu; tinha as feições decompostas; fez-lhe sinal, e foram para uma saleta interior. Entrando, Camilo não pôde sufocar um grito de terror: — ao fundo sobre o canapé, estava Rita morta e ensanguentada. Vilela pegou-o pela gola, e, com dois tiros de revólver, estirou-o morto no chão.

Publicado originalmente na
Gazeta de Notícias (1884)

Este livro foi impresso na Editora JPA Ltda.,
Av. Brasil, 10.600 – Rio de Janeiro – RJ,
para a Editora Rocco Ltda.